U0688619

鲁迅文学奖

得 主

散 文 书 系

俗生记

郁葱 著

中国文史出版社

图书在版编目（CIP）数据

俗生记／郁葱著. -- 北京：中国文史出版社，
2025. 1. --（鲁迅文学奖得主散文书系）. -- ISBN 978-
7-5205-4843-4

Ⅰ. I267

中国国家版本馆 CIP 数据核字第 20242KS875 号

选题策划：江　河
责任编辑：卢祥秋
装帧设计：锦色书装

出版发行：**中国文史出版社**
社　　址：北京市海淀区西八里庄路 69 号院　邮编：100142
电　　话：010-81136606　81136602　81136603（发行部）
传　　真：010-81136655
印　　装：廊坊市海涛印刷有限公司
经　　销：全国新华书店
开　　本：880×1230　1/32
印　　张：7.75　　　字数：134 千字
版　　次：2025 年 1 月第 1 版
印　　次：2025 年 1 月第 1 次印刷
定　　价：66.00 元

作者简介

郁葱　第三届鲁迅文学奖得主。原名李立丛。当代诗人，编审。著有诗集《生存者的背影》《郁葱抒情诗》《世界的每一个早晨》《郁葱的诗》等十余部，散文、随笔集《江河记》《天地清尘》《艺术笔记》，评论集《谈诗录》《好诗记》等多部。《尘世记》获塞尔维亚国际诗歌"金钥匙奖"。现居石家庄市。

写在前面

我们怀着由衷的敬意，编辑了这一套散文丛书。

鲁迅先生是中国新文化运动的旗手，是近现代历史上对中国社会思想文化发展具有重大影响的文学家。以他名字命名的"鲁迅文学奖"，是中国文学奖的最高荣誉之一，自创立以来，一直拥有良好的口碑和广泛的影响力。那些获得鲁迅文学奖的作家作品，毫无疑问地推动了我国文学事业的繁荣发展。

这些获奖作家分别生活在祖国的东南西北，年龄跨度从"50后"到"80后"，写作门类包括小说、散文、诗歌、评论。他们都曾创作出佳作名篇，是堪称名家的优秀作家。编辑出版这套"鲁迅文学奖得主散文书系"，我们的初衷正是让这些优秀的小说家、散文家、诗人、评论家聚集在一起，将他们各自独具的生命体验和写作风格，以群峰连绵的形式呈现出"横看成岭侧成峰"的写作景观，向广大读者奉献这个值得阅读和保存的作品系列。

在这些作品的编辑过程中，我们看到了他们不同的阅历和表达方式，看到了他们卓尔不群的文学才华和让人叹服的写作能力，看到了他们观察事物的独特角度和对自己生活、创作的诚意表达，看到了他们纷繁复杂的生活境遇和丰富悠远的精神世界。从这些文字中，我们感受到了作家对大自然和世间万物的悲悯，对岁月悠长、时光消逝的感喟和思索，对身边细微琐事的提炼和回味，对辽阔人间的关怀以及对世道人心和生命本身的探寻与思索。

我们以诚挚的愿望和认真的劳动，向亲爱的读者推荐这个书系，也以此向在写作道路上辛勤耕耘的作家们致敬，向创立近四十年的鲁迅文学奖致敬，向在岁月的上游一直如星光般以风骨和精神令后世仰望的鲁迅先生致敬。

编　者
2025 年元月

目录

植 物 记

我最早认识的植物，大多是阔叶树。北方多杨柳，多榆槐，多桃李，阔叶树在我的感受中，如同北方自身一样阔大。那些树的叶子也绿也黄，果子也熟也生，叶片宽阔，叶脉成网，总觉得，它跟北方山脉、河流的纹理相近。

几乎所有结果的树都是阔叶树，阔叶树爱拔高，爱成林。北方的树种一般硬度不大，不像小叶紫檀、黄花梨什么的。说是蒲柳贱质，不堪大用，那是它自觉卑微，但在我的家乡，鸟巢却大多筑在那些卑微的树上。树越高，喜鹊、老鸹一类的大鸟就越爱在上面筑巢，一般是一棵树上只有一个鸟巢，也有两个或者三个的，那一定是它们觉得互相依偎才更能够躲避寒冷。

我见过的那些树，有的几岁，有的百年，每个村庄里面，都有百年的老树、老宅、老人。一直想写一篇文章，题目是《于底落日》。于底是石家庄西部一个小村镇，那是个明清时代在滹沱河故道一侧繁盛起来的古镇，充满了沧桑、优雅和繁华。那里的街道、树木、建筑、石桥、寺院颇具典型的北方村镇的风格，百年大树丰实苗茂，几乎具有我们传统中审美的所有元素。但是它消失了，在那么多人的呼吁呼喊中消失了。我和朋友曾经多次到过那个小镇，亲眼看着推土机怎样碾过它的身躯。那个小镇和我并没有什么渊源，但曾经有一个落日的傍晚，我们在那里的断壁残垣上落泪。前些天我又路过于底古镇，发现村口的那个牌楼也被拆掉了，没有了，这里的老村庄彻底没有了。我当面问过一位曾经主政这个城市的长者："你知道于底吗？它为什么就消失了？"他没有回答我。许多事情总是没有答案，但是结果往往又是那么凄凉和凄惨。我们能做什么呢？只能用笔来记住它，让人们知道起码我们曾经有过那样的晴明、古朴和美好。

　　北方很多村庄叫杨庄或是柳庄，每次路过那些村子的时候，我都想走进去看看，总想象既然叫这个名字，便应该杨柳成荫。树越大，好像寒暑就越与它没有什么关系，阴晴与它没有什么关系，雨不雨风不风也与它没有什么关系。风不吹，那树不动；风吹，它也不动。那阔叶树总显得那么矜持，几载风雨，一树沧桑。总觉得那阔叶树满是灵气，无论绿树还是枯树，都有独特的神圣和神性。阔叶树遮天蔽地，阔叶树单形独影，一树绿叶之香，几颗青果之涩，许多时候，我对世事感觉迷茫的时候，就想："若悟世事，皆问阔叶树之枯荣。"

原来，我是不认识植物的，朋友们一起出去，看到路边的树或者草，问到我它们的名字的时候，我大多答不上来。在我看来，植物可能是这个世界上最多的物种，它们或青或黄，亦高亦低，浸染大地颜色，养育其他生灵，到底有多少种，数是数不尽的。肯定有更多的植物，你不能想象它是什么颜色；肯定有一些未知的生命，你不能想象它是什么状态；肯定有一些新奇的花，它们至今没有名字；肯定有一些我们没有听到过的声音；肯定有更完整的美丽；肯定有更深的快乐、更深的夜；肯定有许多美好的事物，存在于我们的视线之外。

这几年陆续发表了《树木记》《植物记》《青草记》等系列诗歌作品，便总想去山里看树、看那些不认识的植物，也习惯了去花卉市场。前几年雾霾大，听朋友说，植物可以消减雾霾，就买了很多绿植。不知道在哪一个春天，我突然就喜欢上了它们，它们帮我打发了不少寂寞和无聊的时光。我生性笨拙，一开始没有耐性，养不好绿植，连几片绿叶儿也养不好，总是黄叶、打蔫。后来我发现，只要经心，只要在意，只要你对它们好，就行。于是我用心、专注，琢磨它们的喜好，那些叶子渐渐绿意葱茏，让人有更多的喜爱。比如水竹，什么发财竹、观音竹、转运竹，有很多叫法，其实都是一类，就是水竹。买回来以后如果直接水栽，叶子很快就黄了，要斜着把它的根部削去二三厘米，泡在水里，如果二十天左右没有新根系长出来，那就再削一次，基本上削两到三次，它的根系会慢慢发育，嫩嫩的，根部和叶子便很旺盛。按照书上的说法，瓶里的水是不能太多的，只能放到三分之一，但我的经验是水一定要超过一半甚至是三分之二，水竹才能长得更好。另外，水竹的水一定不要总换，只可加水，不可换水，这样叶子就不会黄。绿萝一类植物，浇水不要多也不要少，夏天一个星期一次足矣。不缺水的时候，夏季和早秋的清晨，它们的叶尖上会有晶莹的水珠，而且这些植物如同人一样，很快就会变老，养过几年之后，再怎么施肥浇水也无济于事，会越来越弱，叶子也会逐渐变小，这是规律，指望它还能像刚开始那么苗茂是不现实的。有时候我就总想，这怎么那么像人呢！我和朋友一起在花市买的水竹，朋友回去总是换水，把根洗得干干净净的，结果叶子越来越黄。我对他们说，一定只兑水不换水，一定不要多管它，许多植物的生命力和韧性是惊人的。

朋友说他好奇，问起我平日的生活，我说："绳床瓦灶，布衣蔬食。上班坐公交，进家养花草。写字散步，偶尔远行。对财富不那么热衷，对浮华没什么向往。不在外面吃饭，偏好陋室翻书。不愿意热闹，也不怕孤独，愿意谁也别理我，能自在地做自己的事，能有时间每天亲近绿色，也多写几个字。"朋友说："看你平时也不孤僻，挺随和的啊。"我说："性格和习惯有时候是两码事。"

　　石家庄友谊公园里有一条竹林小径，很幽深很安谧，我一直感慨这些生于南国的植物是怎么在北方的冰天雪地里生存下来的，跟我见过的庐山、宜宾的竹林、竹海相比，它们也许不值得一提，但是，我敬重它们的程度一点儿都不亚于那些百年大树。还有一段时间，我总是跟朋友在夕阳西下的时候到滹沱河沿岸或者北新城附近的秀水公园，那时，便知道我不认识的植物有很多，但我熟知蒲公英、马齿苋、蔓子草和星星草，很早以前它们就是这么茂密，我小的时候是这样，年龄大了它们还是这样。小时候我养了一只小羊和几只兔子，天天去给它们割草，所以现在闻到了青草的香气，就想起来我的童年。早芒种，晚秋分，一棵小麦吐穗的时候，另一畦菜蔬已经熟了。一到那个季节，我就想住在李家庄、张家庄，或者王家村，住在一个随意走到的村子，那是华北平原一些村庄最普通的名字，它们在滹沱河南岸，离夏天的高远、秋天的疏朗最近。那些经历让我知道了，有时候一棵浅草，比树比石头比一座桥一个村庄的生命还长。尤其是秋天，这个季节是一年里最好的季节，冷暖温和，高天清雅，田野里有很多获得，植物有各种色彩。这个季节，早中晚都有各自的味道，你偏爱什么，就能有什么满足。早晨起来天是蓝色的，望着远处的太行山，就觉得，一个植物茂密的清透世界，会显得更加丰盈而饱满。

其实，到了我这个年龄，就不再更多盼望明年的花比今年红，叶子比今年绿。世事就是循环，有时候是昨天、往年的循环，有时候是很多年以前的循环。朋友问我这是什么草，我说不知道；问我这是什么花，我说不知道。我不知道的事情太多了，越来越觉得，自己有那么多的不知道。冷暖交替，寒暑易节，现在想，经历了那么多的尘世沧桑，尽在这春深冬浅花红柳绿之间。所以也总是劝自己，别忧虑草们树们花们的枯荣，它们或盛或衰，是固有的天数，天地若在，就是这样，什么时候也不会改变。有的时候旅行，爱看着车窗外面，就觉得那些异乡的花啊草啊树啊，如果你信仰它，它就是你命定中的事物，它就会连根带叶都是你的。树的香气和草的香气是不一样的，树的香气更丰厚，草的香气更单纯。树越高越让人仰望，草越深越让人低头。所以，我常常在青草面前低头。

小区里有人把草地除掉，种上了花啊蔬菜啊什么的，可是总也养不好，草还是长出来了。别忽略那些卑微的生灵，越卑微生命力越强，不然，它们也就茂密不到今天。每隔一段时间，小区里就会响起割草机的声音，空气中会弥漫着草香。那时候想，不如让这些青草疯长，长得参差不齐高低起伏，有一种本来的野性和风韵。知道这是在城市里寻找乡野的记忆和情趣，可看着被割得整整齐齐的草坪，总觉得有几分残酷和凄冷。一直以为植物最不应该受到限制，它们本来是自然与神灵的造化。

前面说了，南方的树种和北方的树种品质有差异，但很难说哪种更高贵，哪种更贫贱。比如海南黄花梨，我为它写过一首诗："国有万木，唯你／成为一个时代的精灵和魂灵，／成为国之重器。／／把你雕成花，就有了灵性，／把你雕成佛，就有了神性，／其实什么也不雕，／才更显蓬勃着的原始生命。／硬是因为有骨，／红是因为有血，／重是因为有心。／／我一直在寻找我与你的共同：／坚韧、光泽、有密度，／你的纹理是我筋脉的纹理，／你的硬度是我骨骼的硬度。"即使这样，我也没有觉得它比北方的白杨、柳树珍贵到哪里去，我印象更深的，还是我儿时跟同伴们一起捉知了、蛐蛐儿的那些灌木丛。那些经历让我刻骨铭心，而距离我很遥远的那些树木，即使再珍贵，对于恃才傲物的我等，吸引力并不大。写作这首诗时让我醒悟到，写诗即使写自然、写植物，最终还是在写人、写自己。

每天走路，看到一些叶子，便会想起一些往事，想起一些故人，从嫩叶到阔叶，有的由绿到黄只有一季，有的由荣到枯却要数年。你数不过来有多少叶子，但认识了其中的一枚，也就认识了许多枚。你跟它们说话，它们能听懂，亦清透亦才情，亦柔嫩亦沧桑，就觉得那枝叶也感性了，也知性了，也智慧了。它们比人好，人熟悉了还会再陌生，它们不会，就是被折断，它们的气息也是青素的。人的生命其实比植物还要脆弱，看着那些草的散淡叶子的散淡，就觉得生活不需要什么大智慧，忽略一些，忘记一些，就知道那枝叶的淡然与不经意，是一种何等的尊严。人不过百年，有时不如一树，不如一树的从容与深重，不如一树的静气。植物之心，良善、清朗，也纯粹，也广博，也坚韧。所谓人间，无非枝叶，无非浅草，无非微尘。

"如果你看到一首诗像花草一样长出来了，那么你可以断定它是一首好诗。"惠特曼的这句诗，曾打动过我。草坪上新铺了青草，那些草长起来之后，就不怕寒了，它们相互挡风。那些绿色紫色粉色的植物，我们复杂，而它们清纯，它们一年繁似一年。年龄大了也就知道，其实人的生活如果是植物那种简单的方式，就是最完美的境界。

早春的时候，植物们发芽了，一点儿声音也没有，几天就把这里那里都染绿了，它们什么时候积聚的底蕴和能量你根本不知道。安静的时候，就是显露自己色彩的时候。高树生得惨，浅草活得长，你不能期待草有树的根系，所以也就不必在意它们的浮浅。其实你永远无法知道这个世界有多么丰富：这当然包括人，包括一树一叶一草。那无处不在的青草，那被人忽略的植物，让尘世满是颜色，"春园之草，不见其长，日有所增"，这人，哪如一棵草啊?！人如衰草，我常常在那些植物面前感慨，是由于，每一棵树或者每一株青草，都是悬之于日月的神灵！

洛克说："世界上最卑贱的动物或者植物，也可使智慧的人类迷乱而不知所措。我们在见识和耳闻了许多事物之后，并不能因此治愈自己的无知。"这话我信，对于那些智慧的人，经历得越多越智慧，而对于我等愚钝的人，经历得越多越愚笨。所以："自己就是自己的树、草和歌曲，就是自己的氧和植物。我弄懂这些，也是不久前的事情。"早晨又想到这句话，感受依然。

2020 年 7 月 9 日

俗世如玉

早年朋友给我刻过一方闲章，上面刻着我常说的八个字："心有闲趣，身无虚名。"这方印章，是我心境的真实写照。记得我在一篇散文中说过，我是一个乏味、单调的人，除了简单的生活、写作，没有多少其他嗜好，不善交往，不善应酬，也不喜欢迎来送往。我性格的形成，除了先天的那一部分，大概就是受最初结识的田间、徐光耀、李满天等前辈大师内涵洒脱、特立独行性格的影响。所以我做了几十年的刊物编辑和主编，除了会议和活动，跟我在一起单独吃过饭的作者几乎没有。这听起来让人觉得不可思议，但几十年就是这么过来的。总觉得现在的文坛，充斥着世俗气、市侩气、江湖气，我无力改变，但起码我自己尽量多些文人气、超然气、诗人气，离那些非诗的事与人远一些。离得远了别人会说你孤僻、没情趣，时间久了，朋友有饭局也就不叫我了，正好，清心寡欲，各得其所。

一直说生活是第一位的，所以除了写作，乏味的我也有自己的乐趣和喜好。比如说，我爱逛古玩市场，爱赏石赏玉，喜汝瓷，觉得能识新旧、辨真假，这也属于我浮浅生活中不多的爱好。好像我的不少同行都有这样的雅好，文人之趣有很多共同的地方，所以一些物什才被称作"文玩"，我也没有能够脱开这个"俗"。

喜欢捡石头，喜欢去欣赏一些旧物件，这是我在编辑部最艰难的那一段时间养成的习惯。我并不懂收藏，也并不是很喜欢收藏。1998年左右，我在编刊物的思路上与当时的省作协主要领导尖锐对立，那些年《诗神》办得很有影响力，却一定要我改成《诗选刊》，说是可以盈利。我的性格倔强刚硬，宁折不弯，一直顶着。当时我的心理压力很大，如果长期在那样的纠葛与矛盾中，我会撑不下去，去旧货市场是我在那个特定的阶段为自己选择的缓解压力的一种方式。每到星期六星期天，我可以到那里走走。逛旧货市场的时候是需要专注的，一些繁杂的事情也就忘记了。当然，造假会永远走在人们认知的前面，所以有时候也买到不真的东西，这些东西无所谓值不值，有个嗜好确实在当时缓解了我的压力，起码给了我几天的忘我，这就值了。

收藏这种事情是没有尽头的，像个无底洞，永远没有满足。比如石头，每一块石头都是独特的，无论它的品质和形态怎么样，见到一枚石头你都会觉得它是新鲜的，刺激人的购买欲，于是就有想得到的冲动。买回来之后，如果是很有品位的石头，而且说不清道不明为什么，就是喜欢，这就买对了。我非常不喜欢所谓像什么不像什么的石头，像什么动物，像什么树，像什么鸟，越看越觉得乏味。所以朋友们有时候问我摆在案头的清供石像什么的时候，我就说它什么也不像，就像一块石头。石头本身存在了数万年数亿年，最后能把自己修炼成为一块石头，已经是很大很大的造化了。

星期天的时候，我爱到石家庄高东街古玩市场转转，换换心境。古玩市场艺术界的熟人多，跟朋友们聊聊天，偶尔也花个三五百元钱，淘一件喜欢的物件，给自己带来起码几天的欣慰。讨价还价，你来我往，不为几元纸币，淘来的也不会是什么传世之宝，仅是一种乐趣。不过说句实话，能够"捡漏"的机会也实在不多，这要看眼力，也要凭缘分。有时朋友们问我怎么能辨别玉的真伪，我说，这跟写诗一样，靠悟性。喜欢赏玉在于它的"质"，喜欢汝瓷在于它的"变"。你看那一枚和田玉籽料，虽是软玉，但质地温润，坚硬如铁，不是坚硬如铁，而是比铁还要硬。如果你用刀子刻在玉器上面，留下的不是石头的痕迹，而是铁的痕迹。玉石的硬度，它的润度，它的韧度，它的密度，甚至它的亮度，让人觉得有一种神韵。许慎老先生在《说文》中讲玉有五德，玉之德其实在于人之德。你性情中韧它就韧，你性情中温它就温，你性情中仁它就仁，你智它智你锐它锐你洁它洁。子曰："玉者，温、洁、润、韧，其声金，其性和，其质纯，与君子无异。"这句话，是我冒充"子"们"曰"的。当然不要说古代的璞玉了，就是中国当代雕刻大师的一些精美的玉雕作品，那价格也让人瞠目结舌，非我等所能企及。一块玉，无论你怎么雕，你雕的是佛，它就有佛性，你雕的是花，它就有灵性，但只要你一雕，唯独就欠缺了神性，欠缺了初始、自然的味道。欣赏玉，我愿意欣赏它原始的状态，欣赏它的质感，所有附着在玉之外的东西全部不存在。许多东西，你赋予它什么，它就是什么，比如茶，它其实就是一片叶子；比如玉，它其实就是一枚石头。最近读到朱熹老夫子的一句箴言："古之君子如抱美玉而深藏不市，后之人则以石为玉而又炫之也。"这句话映射了今人的浅薄，也说到了真正的璞玉应有的内敛、内涵的品质，还是没有离开"质"字。其实除了玉，其他石头我也喜欢欣赏，前些年常到附近的河里捡石头，北方的石头由于少有水的滋润，所以粗粝，后来就放弃了。但每到外地，还是要捡回一块那里的石头，倒不是因为石头有价值，而是因为其中有记忆。

　　有一些爱好，也就有了一些故事。2009 年 5 月，我去西安参加中国诗歌节，吃过午饭，到西安古玩市场转转，看到一枚和田玉籽料鸡心佩雕件，玉质雕工都看得上眼，但犹犹豫豫，便错过了。回到石家庄，还是惦记着那块玉佩，于是给西安的朋友打了电话，把钱汇过去请他们替我买下来。好在那是一个古玩城，有固定的店面，朋友找到后给我寄来，至今仍然经常带在身上。我的一位兄长就没有这么幸运了，他从北京来石家庄，恰好是星期天，我陪他去古玩市场，在地摊上看到一个双面雕的和田玉童子，当时他行程匆忙，卖家也不让价，只好放弃了。回到北京后兄长给我来电话，嘱咐我再去找。因为没有记住那位摆摊者的模样，而且摆摊的大多不是本地人，连着几个星期，我一个地摊一个地摊去看，还是没有找到，这成了那位兄长的遗憾，也成为我对兄长的一份歉疚。

早年石家庄棉一立交桥下面有一个旧货市场，我经常能在那里找到一些看似没用却很有意味的东西。有一次我无意中翻看旧书摊上的一个老笔记本，那个笔记本非常精美，是20世纪50年代最讲究的那种精装硬壳笔记本，浅棕色的封面，当时我是因为里边夹着的几片干树叶和几朵干花，觉得好奇而买的，好像也不贵，就一块多钱。日记本的字迹流畅俊秀，一看就是出自一位女士的手笔。她是一位老大学生，日记详细记录了她从南方来到石家庄之后的生活和两段爱情经历，非常细腻和详尽，表达也很自如，没有流行的那些概念化的语言，很朴素。我当时觉得，每个人的经历都是独特的，如果能够记录下来，就是一部不错的小说。这个笔记本一直在我的办公室的书橱里放着，后来与一位小说家谈起此事，他看了笔记本，很感兴趣，我就送给了他。我不知道这位同事后来把那些文字整理成小说了没有，但那位优雅的女士在我内心留下了很深的印象，是那种纯美得让人心动的印象。日记本的扉页上写有她的名字，后来我还根据她表达的内容猜想过她可能的单位，并且打电话寻找过日记的主人，但没有找到。

再说我的另一个喜好：汝瓷。中国这么多好的瓷器，钧窑、哥窑、官窑、汝窑、定窑、龙泉窑，我们邯郸的磁州窑，等等，说不出有多少种。土皆为瓷，有多少土就有多少种陶器瓷器。我独赏汝窑，是由于它的"变"，也就是变化。汝瓷以玛瑙入釉，用一只汝瓷茶杯品茶，用着用着就"开片"了。开片就是渐渐显现其纹理，"久用之后茶色会着附于裂纹处，形成不规则的变幻交错的花纹，故而手感润滑如脂，有似玉非玉之美"。喝绿茶，时间久了，会发现茶器上面有一条暗暗的金线慢慢浸出来；如果喝红茶，会发现茶器渐渐有朱红线，如果喝普洱，慢慢会发现褐色的纹理；如果这几种茶一起"养"这只茶器，也许渐渐浸出来的就是"金丝铁线"。这些变化突如其来纵横捭阖不可预知，或者张扬或者细腻，或者无序或者均衡，总之会出乎意料。我的脾气急，"养"几只杯子也是在养自己的性子，而且好的汝瓷有个特点，叫作大器开小片，小器开大片。大茶洗，开非常细腻的片，而一个小杯子，却开大片，也就是大的纹理。北宋皇帝赵佶（宋徽宗）喜欢汝窑，但那时受工艺限制，据说入窑百件仅得二三，有点儿过，总之说明了烧造的难度。那时候人工烧造，上千度的高温，把握之难可想而知，足见汝瓷之珍贵。中国有很多奇妙的现象，比如许多很好的东西，像汝瓷、明代的宣德炉，那么好的东西，突然就没有了，汝瓷作为一种官方的瓷器，最后竟然失传了，而且成器的相当少。还有像宣德炉，那么坚硬的金属重器，怎么会在明之后突然就消失了？我的一个朋友在文物研究所工作，考古方面颇有些造诣，他也经常去古玩市场转转，我说："你告诉我，什么样的是宣德炉？"他对我说："说真话，我在这个市场上转了这么多年，没有见过一个真正的宣德炉，有的只是仿造，无非年代远近而已。"

实际上还是我曾经说过的那句话："有用的才是最好的。"世界上有许多非常好的东西，但是对于你没有用，或者可望而不可即，它的好与坏对于你无足轻重。当然，这么多年近朱者赤，我不是不知道什么东西好，收藏从根本上说不是眼力的问题，而是经济实力的问题。我当然知道什么是好玉，什么样的玉有价值，但我买不起，我没有那个经济实力，完全不可能买到自己真正喜欢的东西，也就是玩一玩，消耗一些时间而已。当年徐光耀先生（写《小兵张嘎》的著名作家）也总去古玩市场，我们就一起转转，他总是买一些很小的雕件，而且他不大在意真假，他的标准是"喜欢"，他说："我喜欢就是好。"其实一件物什自己能够喜欢，这是一个很高的标准和尺度，你想想，能让自己喜欢的东西，世界上能有几样？

我自己在家时，想得更多的是生活。有兴趣了，翻过来倒过去"养"几只禅定杯，看着它们一天又一天在变化，很有成就感，觉得很养心很养神。虽然这篇短文里说的是闲情逸致，但这些话跟诗也未必没有关系。如果有，显然是想通过我的雅好来说：我喜欢诗歌，闲暇时也赏石赏瓷，核心都是两个字："质"和"变"。物在其质，一生求变。

不仅仅局限于石头或者汝瓷，其实喜欢其他一些什么自然界的东西，都好。喜物但不恋物，喜物但不被物所累，触类旁通，对其他艺术，也许就有感觉了。我原来对玉对瓷也是一无所知（现在也知道得不多），没兴趣，随着年龄渐长，想去了解了，虽然买不起，不一定能得到，但正如我的题为《国之木——题海南黄花梨》一诗中所写的："也不一定看见，/许多时候，想象就是陶然，/也不一定得到，/许多时候，仰望就是拥有。"我总想，学会欣赏，这本身就是一种拥有，如此，内心甚慰。

2020 年 1 月 9 日

端 午 记

在我们这一代人当中，对端午最初的印象，一定是源于粽子。我生长在华北平原一个幽静的小镇，端午在我们那里也被称为"端阳节""五月节"或者"五月端午"。每到初夏的季节，家家户户都会包各式各样的粽子。粽子一般是三角形或者四角形的，有红豆沙馅、枣泥馅的，更多是直接往里面放两颗红枣，粽子叶也就是比较宽的芦苇叶。先把江米（南方叫糯米）或者黄米（学名叫黍子，一种形似小米的黏米）泡上半天，再一个一个包起来，用细绳捆紧，放到锅里煮，一开始用大火，水开了之后便用文火。江米不好熟，煮的时间会长一些。每当我闻到粽子香味的时候，都盼着粽子快点儿出锅。还有一些年买不到江米和黄米，妈妈就用大米和小米包粽子，那时特别想吃的，就是粽子里面两个很甜很甜的大枣。记得头一年买了新粽叶，吃完粽子以后粽叶是舍不得扔的，洗干净挂起来晾干，等到第二年再用。我还记得妈妈用春玉米叶包过粽子，虽然跟粽子叶包的味道有很大区别，但吃起来依然是那么香甜。

后来，就知道了屈原，那是在我十岁左右读了他的《离骚》之后。当时许多图书是被封存了的，县里的图书馆也长期闭馆。我的父母与图书馆一位阿姨相识，那位阿姨知道我爱读书，经常从图书馆悄悄拿出书来给我读。有小说，像《青春之歌》《红日》《卓娅和舒拉的故事》等，也有古典名著。当时我读的第一本有关屈原的书应该是郭沫若先生的《屈原赋今译》，20世纪50年代由人民文学出版社出版，浅黄色的书皮，很淡雅。阿姨给我的时候书还很新，估计是没有多少人借阅过。实际上我当时看《离骚》《天问》《九歌》《九章》是不大懂的，但觉得那样的作品很有气势，就把其中我喜欢的段落抄在了日记本上。当然，我更喜欢《离骚》，由于《离骚》是屈原最具代表性的作品，也是中国古代文学史上最长的一首浪漫主义政治抒情诗，每每吟诵，都会让我感奋不已。按说十几岁不是理解《离骚》的年龄，但我那时候就感觉，不说它的内容，就是它的音韵，也会让人感同身受，黯然神伤。后来我逐渐了解了屈原，也更多地理解了《离骚》，并且喜欢上了写诗。我小学时的班主任叫杨广达，初中老师叫倪洪寿，他们都是语文老师，也都是文学爱好者。当时是不能给学生讲屈原的，但记得有一天放了学，我收了同学们的语文作业（我是语文课代表），交到倪老师的办公室兼宿舍，看到老师的办公桌上放着一本《离骚》，就随口背出了其中的几句。倪老师很惊讶，问我："你读过《离骚》?"我点了点头。那天倪老师话多了起来，看得出来他有些兴奋，他对我说："屈原之前中国的诗歌作品多为短诗，自屈原始开鸿篇巨制之先河。《离骚》通篇有两千四百多字，既豪放又抒情，充满着浪漫主义色彩，它抒写了诗人的经历、思想以及空有一腔热血而报国无门的境遇，把抽象的个人品德、政治理念甚至性格与复杂的社会现实用诗句生动地映衬出来，实际上是屈原生活和心灵的记录，因此也可以称之为诗人的诗歌体自传。而《天问》是古今罕见的奇特诗篇，它向苍天连发一百七十二问，涉及了天文、地理、思想、文学、哲学等诸领域。何谓'天问'？王逸《楚辞章句》说：何不言'问天'？天尊不可问，故曰'天问'。那时的屈原身处逆境，放逐山泽，忧心愁惨，他徘徊于楚先王之庙及公卿祠堂，看到壁上有天地、山川、神灵、古代贤圣、怪物等故事，因而'呵壁问天'，这种说法未必是屈原写《天问》的真实起因，但既然一直被传说，也一定有它的道理。《天问》中问天地、日月、山川、灵异之外，所涉及的大多是楚国当时的人和事，因此屈原之'问'，是发自他内心最深处的。这篇包含着屈原思想结晶的《天问》，是他'呵壁问天'的经典之作。"坦率地说，当时老师讲述这些的时候，我依然还有些茫然，似懂非懂，但从那时起我便从老师的神情中感受到，写诗，一定要有

"问天"之作。记得倪老师还对我说："如果有人问我中国古代最伟大的诗人是谁，我肯定回答是屈原。"这句话，我一直记在了心中。1978年党的十一届三中全会之后，思想解放，人心向善，古今中外的文学作品陆续开始解冻，记得最早看到的香港影片就是《屈原》，由著名演员鲍方、朱虹、鲍起静等联合主演，这部影片成为"文革"后第一部在内地放映的香港电影。当时是省文联发的内部电影票，电影在石家庄八一礼堂放映。那天的八一礼堂座无虚席，那场电影的放映时间比较长，深夜走出影院时，脑海里依然回荡着影片插曲《橘颂》的旋律。那一夜我失眠了，眼前总是出现那个"举世皆浊我独清，众人皆醉我独醒"的诗人形象。

端午还有一个名字，叫作"诗人节"，这就与我有了更多的精神维系。随着阅读量的增加和理解能力的增强，我也逐渐懂得，在中国古代，能被称为"伟大"的诗人很多，李白、杜甫自不必说，像白居易、李清照甚至近一些的龚自珍等等，也丝毫无愧于这两个字。但我一直以为，其中最为伟大的诗人，应该是屈原。我所说的伟大不仅仅在于他的《离骚》《九章》和《天问》，更在于他用自己的文字和身躯留给了中国诗人和文人一种"场"，一种气场，一种气韵，那种气韵塑造了文人的精神和品质并一直延续至今。屈原的气质、行为、语言都太像一个诗人了——活得写得都像一个诗人，勃然大气，飘逸洒脱。而他最终愤而投江，虽让人扼腕长叹，但如果不如此，也就不是屈原了。所以鲁迅称赞屈原："逸响伟辞，卓绝一世。"我觉得何其芳先生评价屈原的一段话也很精准："《诗经》中也有许多优秀动人的作品，然而，像屈原这样用他的理想、遭遇、痛苦、热情以至整个生命在他的作品里打上了异常鲜明的个性烙印的，却还没有。"

之后一些年，我几次到湖南长沙、株洲等地采风。让人觉得神奇的是，一踏上楚地，竟然感觉这里的每一条江都像汨罗江。2016年5月，我参加诗刊社"青春回眸"活动到株洲的炎陵、茶陵、醴陵等地采访，28日深夜，我独自坐在湘江边，那时候，这条江似乎是平静的、从容的。望着浩浩江水，恍惚中我似乎看到了屈原的身影，那些经典江河淌走了多少光阴和一代代人的命运，也冲刷了多少历史的辉煌与尘埃。屈原，这位战国时期的楚国诗人、政治家，"楚辞"的创立者和代表者，一直深远地影响着历代文人墨客甚至是普通百姓的生活。每年端午，人们必然想起这位伟大的爱国主义诗人。自屈原开始，诗歌从集体歌唱转变为个人独立创作，这无疑开创了诗歌写作的新纪元。屈原是我国浪漫主义诗歌传统的奠基人，他的浪漫是骨血里的浪漫，浪漫里渗透着近乎极致的豪放。这也是屈原成为"世界四大文化名人"（另有波兰的哥白尼、英国的莎士比亚、意大利的但丁）的原因之一。每每想起屈原我就感慨：时代造就了屈原的伟大，也必然造就我们这一代人的平庸。想到这里，总是一声轻叹。

说到端午，就一定要说粽子。我查了一些资料，历史上关于粽子的记载，最早见于汉代许慎的《说文解字》。"粽"字本作"糉"，"芦叶裹米也"。晋代名仕周处所作的地方风物志《风土记》中有"仲夏端五，方伯协极。享用角黍，龟鳞顺德"之说。粽子最初应该是用来祭祀祖先神灵的供品，南、北方的叫法也不同，古时候在北方称为"角黍"，因北方产黍，用黍米做粽，角状，故称"角黍"。南朝文学家吴均在《续齐谐记》中叙述道："屈原五月五日投汨罗而死，楚人哀之，遂以竹筒贮米，投水祭之。"从南北朝以后，民间开始有粽子源于百姓祭奠屈原的说法，说是当年屈原不甘国破家亡，愤而投身汨罗江，之后，百姓莫不感叹哀伤，空有一腔抱负的屈子就这样以一种决绝和不甘离开了楚地，让人悲愤不已。百姓为了避免鱼虾侵食屈原，纷纷将米粮投入江中，期望这些米粮能使鱼虾饱食，而不至于伤害诗人的躯体。亦有古书记载，屈原投江后托梦给百姓，米粮投入江中之后，大多被江中的蛟龙所食，如果用艾叶包裹，再绑以五色绳，则可以免遭蛟龙吞食，这便有了后来的粽子。另有民间传说是另外一种阐释：包粽子实际上暗示屈原是被捆绑着抛进江中害死的，而并不是自杀。关于粽子的传说还有很多，我的姥姥大字不识几个，但她很有智慧，经常给我讲一些民间故事。记得她给我讲的有关屈原的故事是："很久以前，楚国有一个大官叫屈原，因为他生性耿直，不说假话，得罪了楚王，就把他贬了官，流放到乡下。那些年大旱，百姓饥寒交迫，食不果腹，他便用积攒的钱买了地，种了稻子，有了收成之后便蒸米饭分给当地的百姓吃。但饥民众多，饭碗不够用，有一次他顺手摘了几片芦苇叶，把米包起来蒸熟送给乡亲们，味道居然特别好，大家纷纷效仿，从那时候开始，就逐渐形成了以后的粽子。"这当然和传说中的故事完全不同，但都是百姓对粽子由来的不同演绎。姥姥在故事中也没有提到屈原之死，我想那是人们一种善良的愿望：期待着好人永远都活着。民间流传着不知道多少这样的故事，无论故事的情节怎样，但大多与屈原有关。

以后我逐渐知道了，端午节不仅仅是粽子节，知道了其时楚国朝廷中佞臣左右朝政，与屈原同列的上官大夫等人深知屈原的才华，心怀嫉妒，与屈原争宠。而楚怀王庸懦昏聩，不辨忠奸，听信谗言，屈原逐渐被疏远。这对于饱含政治抱负的诗人来说，的确有些残酷，以致屈原在无奈之中，只能感叹世事的不平。当时秦昭王提出秦楚两国联姻，并借此提出与楚王会面，屈原看透了秦昭王此举实为一计，于是极力谏阻："秦，虎狼之国，不可信，不如无行！"而楚怀王之子子兰却力劝其赴秦：
"奈何绝秦欢?"楚怀王终于听信了子兰的话赶赴秦国，
结果被秦昭王扣下，直至客死于秦。其长子顷襄王继位
后，子兰仍然不思其过，唆使上官大夫向顷襄王诽谤屈
原。顷襄王一怒之下再次把屈原流放到江南地区，使得
屈原只能辗转流离在沅、湘一带达九年之久，远离故国，
对国家、宗族之事无可奈何，只有悲伤、悲叹而已。眼
看着"百姓震愆""民离散而相失"，他慢慢地顺着沅
江，向长沙走去。屈原回楚都既不可能，远游、求贤又
不成，这时他"被发行吟泽畔，颜色憔悴，形容枯槁"。
顷襄王二十一年，秦将白起攻破郢都，屈原自知国破，
悲愤难挨，遂自沉于汨罗江中，以忠贞之躯献身于自己
的政治理想。

应该说，这样的逆境又恰恰成就了屈原诗歌的风格，
使他在空有一腔热血而不得其所的情形之下纵情高歌，
以宣泄自己内心的压抑和愤懑。其实，几乎所有的诗人
都有政治情结，这大概自屈原始。政治使得屈原成为一
个生命的悲剧，但也成就了他在中国文学史上的地位，
使之成为最具有中国诗人独立、入世、率真等典型特征
的文人形象。我觉得，在生命和诗歌这两点上，屈原都
走到了极致。屈原是关注现实的诗人，他还在自己的诗
篇里反映了现实社会中的诸多矛盾，其中尤其以揭露楚
国黑暗政治的篇章更为深刻。

现在回忆起来，我写的第一篇散文就与端午有关。1981 年 6 月，河北省作协和承德地区文联在山城承德联合举行了"端阳诗会"。当时许多老诗人都还在世，会上，著名诗人田间、曼晴、流沙河等着重就新诗的民族化、大众化，倡导新诗发扬屈原的爱国主义精神，继承诗歌的浪漫主义传统做了发言。那是改革开放以后河北省规模最大的一次诗会。我们那批相对年轻的诗人思想活跃，当时我和边国政住在一个房间，他刚刚获得了全国中青年诗人优秀新诗奖（1979—1980），我们更多探讨的是诗歌如何在借鉴与继承之间找到一个最佳路径。那些天，望着避暑山庄的夕阳夕照，听着外八庙的暮鼓晨钟，我有了许多感慨，于是写下了散文《端阳落日》。那篇散文虽然不长，只有三千多字，但凝聚了我对现世及诗歌本身的思索。写作这些文字的时候，我又找出当时发表《端阳落日》的那一期刊物，重新再读，虽然文字有些稚嫩，但依然感受到了改革开放年代一个年轻人的理性和激情。

屈原当时为三闾大夫，担负着教育贵族子胄之责。这在《离骚》中有很清楚的表述："余既滋兰之九畹兮，又树蕙之百亩，畦留夷与揭车兮，杂杜衡与芳芷，冀枝叶之峻茂兮，愿竢时乎吾将刈。"他可谓"尽职尽责"，为培养贵族的后人呕心沥血，结果却是"兰芷变而不芳，荃蕙化而为茅"。他倾尽心力培育的那些贵胄，最终竟然成为自己思想的反对者，这是他从情感上最不能接受的。屈原政治理想的内容是"美政"，即圣君贤相的政治，他信奉的是民本思想。他颂扬古代的圣君如尧、舜、禹、汤等，颂扬古代的贤臣，他想借以说明楚无圣君贤相对国家的危险性。"彼尧舜之耿介兮，既尊道而得路"，"耿介"即光明正大，是屈原对国君的最高期待。所谓贤臣，就是主张楚君要用品德高洁之人。屈原说到贤臣时，往往用"忠贞""忠诚""忠信"这些词。屈原就是在这样的思想和理念涵盖下，真实、正义、不屈服于邪恶，"亦余心之所善兮，虽九死其犹未悔"。显然，他的这些思想虽至纯至善，但恰恰是孤独的。古往今来莫不如此：一个诗人的理想主义，最终要么毁掉身躯，成就文字，要么身躯和文字都被毁掉。

2016 年 6 月 8 日，从湖南采风回来不久，记得那个傍晚霞光横溢，不远处的太行山若隐若现，如诗如梦，在那个瞬间我似乎有了诗兴，于是写下了一首《端午记》，其中写道："端午的时候，灼日寒夜，/三山风薄，一江水远，/日叶正阳，时至仲夏，/端午称为天中，/然而无天。//这一天，一位诗人死了，/死过那么多的诗人，/只有他，死得地冻天寒。/他顺着沅江，向长沙走，/颜色憔悴，形容枯槁，/自知国破，遂自沉于汨罗江，/他死了。/我不想评价那个年代是好年代还是坏年代，/一个诗人以这样的方式死了，/它就一定是一个悲惨的年代。/但这样的年代会被人记住，/它摧残了屈原，也造就了屈原。/我们想象那一夜血雨腥风，乌啼猿啸，/然而不是，那一夜没有声音，/那一夜之后，再没有了声音。"是啊，再没有了声音。那个年代的喧嚣与静寂，都是那么极致。写作这首诗的时候我想，端午，这个节日是因为一个人，在中国，似乎只有这个节日是因为一个人！那半月的夜晚，我觉得屈子离我很近，沅江的江水，有隔世的微凉。屈原曾经写道："余将董道而不豫兮，固将重昏而终身。"我相信，他说这句话时声音并不大，甚至是缓缓的，他显然是想说：我试试，我撕不碎这黢黑的幕布，就被它撕裂！然后，我接着写：

今天没有风，风这个词本身就很冷冽，
叹沅江之空渺，
悲楚地之干枯。
哪个时代也没有缺少过写诗的人，
但是缺少用身躯撞门的人，
缺少清醒理性、欲求寡淡，一直用血写诗
的人，
我不是，我这一代人，
都不是！

时空博大，人渺小虚无而且瞬间，

记起来 2016 年的时候，

我站在湘江边，想无论这条河是涨满还是

干涸，

从远处看，它都平静。

大江大河知道什么时候放纵，

也知道什么时候回头，

不急不缓就浩荡成了经典。

所以，每当看到湘江的时候，

我就强迫自己想：世界是干净的，干净的。

但是不是，但是不是！

这是这个世界的痛点，触碰不得。

"沧浪之水清兮，

可以濯吾缨，

沧浪之水浊兮，

可以濯吾足，

遂去，不复与言。"

遂去，不复与言……

何问地？何问天？

天地乃不变的天地，

江水为不息的江水，

路漫漫，路漫漫兮……

我在湘江，看高天明月，

竟然依旧是几千年前的模样。

屈原是中国诗歌史上真正走向民间的一位诗人，在他去世后，人们包粽子、赛龙舟纪念他，这种影响是任何一个诗人都不能企及的。我曾经在湖北江汉地区观看过赛龙舟，当时觉得异常震撼，让我想起来自己的家乡场面宏大的舞龙舞狮。后来我知道了舞狮也有南派北派之分，但在我眼里，都是那么风云壮阔。那时候，看着龙舟疾驰，听着鼓声猎猎，就想起了屈原的诗句："路漫漫其修远兮，吾将上下而求索。"（《离骚》）"长太息以掩涕兮，哀民生之多艰。"（《离骚》）"吾不能变心以从俗兮，故将愁苦而终穷。"（《九章·涉江》）"苟余心之端直兮，虽僻远其何伤？"（《九章·涉江》）屈原，在中国诗歌史上，鲜有屈原如此恢宏大气，飘逸洒脱，若他的结局不如此，就不是屈原。惊天之问，忧心愁惨，彷徨山泽，诗人叹沅水、湘江、汨罗，看天地、贤圣、灵异，潇湘九年苦雨，空有一腔高歌。是啊，我一直觉得，真正具有屈原那种精神气度、个性品质、政治抱负、艺术探寻的诗人，不多；如果有，那他也必定是伟大的。

2023年端午，我是在潇沱河边一个静谧的村庄度过的。那天晚上，万籁俱寂，群星璀璨，我感觉，天上闪烁的每一颗星辰都是一位逝去的故人。那时我细数着或者绮丽耀眼或者若隐若现的星星，不知道哪一颗是我心中那位伟大的诗人，这时候，风声松声，暮鼓磬音，融入滹沱河水轻叹一般的音韵，厚土苍茫，一瞬间穿越了岁月千年。

2024 年 2 月 16 日

人间忽晚

　　这几年，在诸多节日中，我又多了一个节日：重阳节。每到这个节日，许多朋友便发来信息，那时就让我提醒自己：我是不是已经老了？也有朋友在"六一"那天给我发信息，我知道，实际上这与重阳节发信息的含义是相同的，虽然心理上还不大接受，但毕竟步入老年了。在中国的传统中，父母健在，是不能说自己老的，我的父母都九十高龄了，身体还都过得去，有父母就觉得自己年龄还不算太大，所以前两年我在古玩市场看到一个和田玉老寿星雕件，品质、品相和价格都合适，但我想起那个不知道谁告诉我的习俗：父母健在，身上就不能戴寿星，所以便放弃了。前几年在公交车上还没有人给我让座，这些年有了，因为都戴着口罩，其他人看不清我的面容，我知道一定是自己的某种神态或是动作已经显出了老人之态。是啊，不经意，就老了。那些旧日子，成为粗糙的经历中光斑一样的沧桑。

　　每年农历九月初九便是重阳节，"九"这个数字在《易经》中为阳数，"九九"两阳数相重，故曰"重阳"；

因日与月皆逢九，故又称为"重九"。九九归真，一元肇始，古时民间在重阳节有祈福、拜神、祭祖及饮宴祈寿等习俗，传承至今，登高赏秋与感恩敬老，便承载了这个节日的文化内涵。重阳节源自天象崇拜，起始于上古，普及于西汉，鼎盛于唐代之后。史料考证，上古时代古人在九月农作物丰收之时就有祭天祭祖，以感谢天帝、祖先恩德的活动，这是重阳节作为秋季丰收祭祀活动而存在的原始形式。由于在重阳节有登高的风俗，故重阳节又叫"登高节"，重阳登高习俗源于此时的气候特点以及古人对山岳的崇拜。重阳节前后的这些天，清气上扬，浊气下沉，菊黄叶盛，无边无际，这时候登高处而望远，便是对年迈的前辈寿如高山的期盼。这一天还放风筝、插茱萸、赏菊、踏青，由于其时秋色斑斓，百果丰实，所以重阳节的内容异常丰富。

一

重阳的时候，我会想到自己的一些习惯和心态的改变。年龄大了，离开编辑部之后，有了很多闲暇，偶尔与朋友们聚会，年龄相近的朋友居多，大家聊得最多的除了艺术圈子里的旧事和艺术本身，更多的是谈酒、谈玩、谈雅兴。我这辈子一滴酒也不喝，也不怎么会玩，朋友知我，说："郁葱就知道发呆、散步。"我说："还鼓捣我那些不成不就的文字。"不是文字不成不就，是我自己不成不就。说到散步，这成为现在每天必须做的一件事情，早中晚各走三千步。十几年了，风雨无阻。年轻的时候从来没有想过锻炼身体和休养生息，现在却很在意，这只能说明自己老了，在意自己身体的感受了。我的骨子里有一种刚硬和坚韧，追求至善至美，做什么事情一定要做到最好，做正事时是这样，做闲事时也是这样。朋友问，闲事也有必要往最好里做吗？按道理讲，闲事是闲散状态中可做可不做的事，做闲事是为了换换心情，调整情绪，没有必要太认真。但有时一个人的习惯一旦形成了，就渗透到了骨子里，无论是做正事还是做闲事，其实都有一种性格融汇在里边，比如散步。早年在编辑部的时候没有时间散步，记得《河北文学》的老主编肖杰对我说过："当编辑一定要注意眼睛，一定要注意大脑，职业病，就坏这两个地方，坏了眼睛就失明了，坏了大脑就失眠了。"结果这两点都被我染上了。工作其实是一种惯性，长期在一种惯性里，反而不容易出什么问题；一旦松弛下来，可能身体某一部位就会不适应。比如眼睛，做编辑的时候，一直没有什么问题，看了大半辈子稿子也习惯了，松弛下来以后，突然就视网膜脱落，看这个世界就很模糊，但时间长了也就接受了，满足于这种模糊，不愿意把尘世看得那么清晰，觉得那个清晰的世界反而更加陌生。为了让身体尽可能保持一种还过得去的状态，于是就养成了一个习惯：散步。

刚开始散步的时候，追求一种超量的运动，上午走七八千步，下午和晚上又各走七八千步，每天行走的步数超过两万步，持续了一段时间以后，突然觉得疲劳，腿关节也不舒服。什么事情一旦超量，就失去了它原本的意义。之后便开始找规律，我是一个规律感、规范感非常强的人，每天给自己设定一些程序，这些程序是必须完成的。散步也是，一年三百六十五天天天如此，即使刮风下雨，即使偶有小恙，也一天不间断。散步会让人感觉身体明显舒展开了，如果哪天没有出去走走，便觉得浑身不舒服。我做许多事情是因为其中有乐趣，原来不觉得散步会有什么乐趣，慢慢体会到了其中的味道，觉得再也离不开它了。而且散步也不是纯粹为了锻炼身体，一边散步一边回忆一些旧事新事，感觉有用的就用手机记下来，所以我爱找一些偏僻的小路走，每天走的总是这样的路线。走一个小时也不觉得时间长，想着想着就过去了。遇到一些长辈，就跟他们聊天，觉得许多时候他们叙述的不是生活的经验，而是命运的痕迹，命运的痕迹才那么真实。原来觉得老人们琐细，现在想，他们琐细的生活才是智慧，而且后来发现，不过是时间早晚，我走的路，跟他们基本相同。我曾经坚信我的神态和步态不会老于他们，但后来知道，我比他们还沧桑。

天气好的时候，小区的树荫里总有几位七八十岁的老阿姨（还有两位坐在轮椅上）在一起唱歌，一开始是《一条大河》，后来是《九九艳阳天》，有的也不在调上，阿姨们边唱边自嘲地笑着。也许这些老人一辈子有千般烦恼，但这个时候她们是忘我的。散步到那里时仔细看了她们一眼，竟然在想象着她们年轻时的模样。我知道她们唱这些歌的时候一定会想到过去，想到她们那些曾经鲜灵、清纯的年华。这岁月，这时光，一代代老去其实就是一瞬间的事。那时候看周围的树，有的叶子枯黄了，有的还嫩绿嫩绿的。人与这些植物，就这么冬寒夏暖地循环。散步的时候还总遇到一对老夫妻，他们手里拄着拐杖或者推着老年车慢慢踱步，有一段时间老奶奶已经走不动了，过了些日子，她竟然甩掉了拐杖。虽然没有打过招呼，但看着她一天天好起来，从心里为她高兴。朋友说，看你的微博里很多时候说到老人和孩子，我说："是啊，每天早晨看到路边蹒跚的老人和匆匆的孩子们就觉得，人这么多年，最值得说的就是老人和孩子，说老人说一些经历，说孩子说一些纯真，其他的，又有什么值得可说呢？"去年秋天的一个傍晚在小区散步，偶尔听到路边三位老者的对话："兰兰还在吗？""兰兰？""就是中文系的那个兰兰，孙亚兰。""还在还在，不在石家庄，跟闺女去珠海了。""王自蒙呢？还在不在？""王老师不在了。""张老师呢，就是那个张云启，课讲得好的那个张老师。""不在了，有好几年了。"

"也不在了？他也不在了？哦，张老师也不在了……"从他们身边走过去之后，我回头看，猛然觉得，夕阳下老人的身影，像一幅沧桑的油画。

　　年龄大了，更喜欢那些平实、平静、世俗甚至有些平庸的生活，每当走在并不宽敞然而生活气息很浓的街道上时，内心会有欣然和满足的感觉，觉得这才应该是真正的人间。不喜欢高楼林立、灯影交错，不喜欢车水马龙、人声嘈杂，所以在城市里如果有一条很安谧的街道、很幽深的胡同，便觉得与自己的内心很契合。有时候，披着傍晚的余晖走在石家庄的水产街、青园街、维明路，竟然有了几十年以前的感觉：路边卖粉条的、配钥匙的、卖干果的、炸油饼的，等等，一幅幅简单而又亲和的生活场景，让人觉得其实生活不一定非要那么多的深奥和玄奥，你觉得踏实，就正好。那时会记起一则寓言："一些人往前走，一个老者总是停下来，别人问为什么，老者说：'不着急，我要等一等自己的灵魂。'"老人是智者，能够"等一等"的人，你看吧，他其实会一直走在前面。于是我总想，我们能为这个世界做的大事并不多，那就做一些琐事，比如给老人让让路，跟孩子说说话；比如说真话，不狂傲，不自夸；比如把废报纸留给捡废品的人，在楼道里遇到不熟悉的邻居，微笑着点点头；比如在超市别把货品翻乱，不把宠物的污秽留在路上；比如天气肮脏时，别让自己心里也生霾……若如是，则幸甚。

散步时，常常惊叹于那些草的生命力，无论它们是深草还是浅草，每年总会生长；惊叹于许多北方阔叶树的生命力，每年冬天，它们被锯得只剩下了躯干，来年春天，重新长出的枝杈照样蓬勃。所以年龄越大越觉得，人不如草，不如树。散步的时候，我爱迎着太阳走。朋友们说："你晒黑了。"我说："大半辈子都太白了，太干净了，黑点儿就黑点儿，也算是一种平衡。"最松弛的时候，应该是和两岁的孙子小布丁一起在石家庄裕西公园散步，那个时候，什么世间俗事，什么人间冷暖，在大脑中都不存在了。带着孩子看着那些树、那些鸟、那些草、那些叶子，跟他在一起跑起来、跳起来的时候，完全忘记了年龄，觉得自己又成了一个孩子或者成了一个真正的爷爷，那是一种无与伦比的忘情与忘我。"早冬的上午，我推着婴儿车，/跟周岁的布丁在裕西公园散步，/看着他天就干净了，/天、地、人，什么都干净。/阳光照在他的身上和我的身上，/在那个瞬间，/我竟然觉得，/普天之下，尽是孩子。"这是我当时的心境，真实而纯粹。我真心觉得，散步是一个老之将至的人必须要做的一件事情。散步的时候会觉得，这大半生的长长短短、起起伏伏，就这样被一步一步地丈量出来了。我说过，写诗就是写自己，那时候，我在内心重复着自己写过的那些文字：大江大河知道什么时候放纵，也知道什么时候平和，不急不缓就浩荡成了经典。这冷暖人生，亦是江河亦是浅草，如沧海时，如桑田时。

二

重阳的时候，我会去看望一些老人，朋友们有时问我节日期间做什么，我总是说："看年长的人，串闲适的门，写散淡的文。"去看望老人会感受到他们需要你，跟他们聊天，会觉得我的以前和以后都会有他们的影子。去年重阳节去看望几位老编辑老同事，觉得他们满肚子的故事，满肚子的想法，满肚子的学问，但大都没有写出来，那都是诗史文史啊。还有一位长者，他阅历丰富，坎坷曲折，经历了战争和历次运动，饱经沧桑，但他只对我讲过一些片段。我问他有没有记日记，他说没有，一是工作忙顾不上，二是在那个年代写日记是一件不大让人踏实的事情，所以他和他那一代人写日记都很慎重，或者干脆就不写了。后来那位长者去世了，他传奇般的经历也就随之消失。每个人的经历，都是他所处的那个年代一部独特的心灵史和生存史，让我现在想起来，依然觉得很可惜。那时我就提醒自己：世事嘈杂，人生匆忙，要离世俗远些，离即兴远些，离当下远些，离这个圈子远些，不一定非要成就什么，记着每一天写几个字，足矣。人不是什么时候都有激情，有的时候就写，别丢了。

　　记得我去看望著名作家徐光耀先生，老人九十多岁高龄了。徐老早年经历了战争，那么多年饱受精神和肉体的折磨与痛楚，但他的内心一直无与伦比地坚韧和刚硬，疾恶如仇，泾渭分明。清楚地记得2006年11月在全国第七次作代会上，我在走廊里陪他散步，谈到写作的时候，老人一边走一边对我说："遇到使自己心动的东西，格外用一些心，格外用一些情，格外用一些笔墨。"这么多年，这句话我一直记着，后来他在几个场合也说过这句话。徐老是一位博学多识的长者，有着骨子里的自信，不急不躁，有很节制的温和和内敛。这是有底蕴的心性，是定力，是境界，所以才有大作品，徐老七十四岁写出了《昨夜西风凋碧树》并获得了"鲁迅文学奖"。我去看望徐老的时候，老人敏锐智慧，对世间万象有着极富穿透力的洞察和彻悟，他静静地坐在那里，宛若洪钟，典型的文人形象，实实在在是一身正气。听我讲述了一番近来写作的心态之后，徐老对我说："那些世俗的功利，对于你都无所谓了，不要急，不怕时间长，用几年十几年的时间，写出一些能压得住心的作品。""能压得住心"，这几个字，就成为我后来写作的基本尺度。

　　还记得有一年重阳节，我去看望书法家、诗人旭宇先生，先生正在抄录《呻吟语·品藻》："读书要看三代以上人物是甚学识，甚气度，甚作用。汉之粗浅，便着世俗；宋之局促，便落迂腐。如何见三代以前景象？真是真非，惟是非者知之，旁观者不免信迹而诬其心，况门外之人，况千里之外，百年之后乎。"我对旭宇先生说："这幅字归我了。"遂钤印入囊。像《呻吟语》这样的典籍，读一遍是古人的思想，读两遍是入心的悟语，读三遍就成了自己的感受，有时间了，我就再读三遍。晚年的旭宇，八十多岁开始画画，画画其实也是在画境界、画品位、画内在的学问，所以他的每一幅画都注入了纯粹属于艺术的个性化思维，渗透出一种安详、平和心态下的深度。晚年的旭宇是一位把世人和世事悟透了的贤者，他更加相信天人合一，更加相信顺天应人，也更加相信万事万物皆由天定，因此就更加内敛、温和、超然、智慧，性情显得非常润泽。旭宇先生曾经送给我一幅刚刚画就的山水画，清秀的山影，平静的水面，那种闲适和恬淡，与旭宇先生当下的心境相当吻合，渗透了悲天悯人、道法自然、天人合一的理念。

老一代的坚韧、真诚和善良是天生的。记得2015年春节前夕，我专程到北京后海看望田间先生的夫人、作家葛文阿姨。快到北京的时候临近中午，我给葛文阿姨打了个电话，告诉她我一会儿就到，没想到路上堵车，一直到将近下午一点才赶到后海北沿葛文先生的家门口。没进胡同，远远看见老人在胡同口站着，老人见到我说：

"放下电话我就出来等，等着你来。"当时我眼泪快掉下来了，老人当时九十四岁了，天那么冷，竟然为了等我们在胡同口站了一个多小时。回石家庄的路上我一直懊悔，责怪自己为什么要提前给老人打那个电话。在葛文阿姨的家中，老人一直拉着我的手，说起了田间先生和省文联、省作协的一些往事和今事，说起了她在意的事、她惦记的事，有的让我感慨，有的让我惭愧和动情。

窗外有一棵有些年轮的树，北方的树在冬天就显得沧桑和孤单，那些枝杈挺在那里，乍一看像是干枯了，但根基扎实，有恒久的底蕴，它们是在默默酝酿着生机。一年一年，这些树有时候成为景致，也有时候成为冬天里内在生命的象征。重阳节时，想起一些老人的时候，就会想起一棵古朴苍劲、枝叶繁密的百年大树。

三

重阳的时候，愿意跟父母在一起。父母都九十多岁了，身体还好。父亲是 20 世纪 50 年代的大学生，毕业于天津财经学院（记得原来叫河北财经学院）。他在银行系统工作，早年一直顺风顺水，很快做到了银行的中层。我小时候去他的办公室，看到墙上挂了一张很长很长的照片，那是他在北京参加金融会议的时候跟当时领导人的合影。他让我在密密麻麻的人中找到他自己，那张照片有几百人，我居然很快找到了。后来不知道什么原因，他去做了一个小官员，由于他生性倔强、执拗，个性鲜明，跟那个气场很不吻合，所以从此在工作上总是磕磕绊绊。早年他喜欢舞文弄墨，20世纪50年代末60年代初在《蜜蜂》杂志、《河北日报》、《大公报》、《北京晚报》上发表过不少小说和散文作品，但也正是因为这种文人的情怀，反而影响了他的仕途。

我同院的发小现在是国外一所著名大学的教授，前年春节回石家庄专门去看望我的父母，他也回忆起父亲曾经对他说过的话："多读书，不做官。"父亲对同院和我一起长大的其他孩子也说过类似的话。我们那个院子是个大杂院，后院住的是机关干部，前院住的是城镇和农村居民。那个大院里的孩子中，有的成了国际上著名的学者，有的成了行业里的精英，但走仕途的很少，这应该是受到前辈们一种精神涵盖和影响，形成一种恬淡、从容的生活习惯，而习惯一旦形成了，就会转化为性格。父亲还有一句话我印象很深："宁可乞讨，不说假话。"这样的性格与那个时期的氛围是有差异的，所以他很多年忙于具体的事务和工作，丢了创作，这在他内心一直引为憾事，也就不再纠结仕途的明朗与黯淡了。由于当时"文革"时期的大环境，父亲觉得我还是个孩子，是很限制我读书的。上初中的时候，有一次春节回老家深县（那时为了省钱，我和父亲是骑着自行车回家的，一百多里路），我滔滔不绝地对他谈了一路，谈我读过一些文学作品之后的感受，他不说话，就那么听着。我参加工作之后有一次聊天他才告诉我，从那时起，他知道再也挡不住我对文学的热爱了。他说没有想到我看了那么多的文学作品并且有了自己的理解，从那时起，他不再阻止我阅读文学作品。还有，虽然父亲当时不赞成我读文学书籍，但他鼓励我读纯美的文学作品。他说文学的功能之一是给人美感，很诗意的作品一定容易让人接受。它不繁复、不芜杂，简单而明澄，这样的故事、情境和思想对于一个开始成熟的孩子的影响是显而易见的。

前年有一天天还很早，父亲就打来电话，说是辗转难眠，写了一首诗。他读给我听，旧体诗，合辙押韵，格律工整。我对他说："有几分深刻，但是未必能发表。"父亲说："没有想给别人看，八十多岁的年龄了，不像年轻的时候，没有发表的想法了。"记得那天早晨接到父亲的电话，便不由自主想起了这些旧事。父亲说年龄大了，眼睛看不清，很多字也写不准确了，但我觉得，每当谈起往事来，他的思路就渐渐清晰起来。父亲还曾交给我几张一分、二分、五分的纸币，很新，看起来是刻意保存的，它们已经没有了实用价值，只是那个年代的记忆和痕迹。有些东西就是这样，没有实用价值的时候比有实用价值的时候更值得珍视。还有几张那个时期的粮票，也是新的。这些我都用过，有的记忆还挺深刻，但这些年渐渐都淡忘了。再看到它们的时候，有一些陌生感和同样多的异样感，是一种沧桑阅尽、恍若隔世的感觉。

又到重阳节了。岁月久矣，老成了山脉，老成了江河。我在夕阳下，像一条年迈的河流，青野碧绿，蝶蜂飞舞，一道折光，辐射在太行山的缝隙。苍天恩典，晚秋丰盈，那是因为我爱：爱人，爱己，爱红尘，爱着善恶冷暖、阴晴黑白，我从万物身上汲取光华。我昂首了一生，而今年迈，便匍匐下来，不看高处：不看太阳和月亮，它们的灿烂，离我渐远。我亲吻草根败叶，覆土尘埃——那曾经被我忽略的另一个世间。夕阳如晦，然千年不堕。这时候我想：其实直到老之将至，我们也未必知道怎样面对这博大的世界，如同我们未必知道怎样面对自己微小的内心。记得在对年轻作者们谈创作的时候我说："无论如何，给这个世界以美好。"是啊，天地循环，无尽无穷，迟暮了，亦有迟暮时的美好。红尘浮若羽，一年再一年，这时候，我看着自己夕阳下无言的影子，溢满风尘。

2024 年 3 月 18 日

此时天涯

清明季节，春寒雨霁。这个时候，就容易想起一些人。曾经与我们一起纯真、一起沧桑的那些人，已经成为往事的那些人，比我们早一些成为烟尘的那些人。他们的世界离我们远了，他们被我们称为故人。清明的时候，我会去墓园扫墓，原来觉得那里有几分萧瑟，有几分寂冷，但后来我看到了更多熟悉的长辈的墓碑，从那时，内心便没有了畏怯。为他们放一束鲜花，坐下来跟他们聊聊天，谈谈往事和今事，石家庄的西山地势很高，在那里看着东面的石家庄，觉得墓园其实就是石家庄的另外一座城市。那个时候，春风和煦，天地晴朗，清明节，在我的心中，竟然成了有些温热的所在。

清明节，又称踏青节、三月节、祭祖节等，节期在仲春与暮春之交。清明节源自早期人类的祖先信仰，而唐代则是中国南北各地墓祭风俗融合的时期，至宋元，清明节逐渐成为中华民族的春祭大节。清明节融合了寒食节和上巳节的习俗，兼具自然与人文的内涵，既是自然节点，也是传统节日。清明节的时候，天气回暖，万物萌生，地气旺盛，呈现春和景明之态，是郊外踏青与行清墓祭的绝佳时节。想到 2017 年的这个季节我在南方，遍地的油菜花开了，那花海无穷延展，极尽奢华，是那种坦荡、袒露的美。它们肆无忌惮、张扬恣意地爆裂式开放，让人感觉惊世骇俗。这让我想起了北方春天碧绿的麦苗，虽然也是无边无际，但要显得平缓很多，它们从容淡然，相互摩擦，发出沙沙的声响，总是随着微风波动，起伏跌宕，有一种层层叠叠、生机勃发的感觉。那时候，才显现了北方一种内在的、不动声色的豪放。清明，就是这样一个季节：无数生命萌生的同时，人们也在怀念许多逝去的身影。

一

在中国古代延续下来的节日中，有几个最让人动情的节日，比如春节和中秋节。这是两个团圆的节日，这一天，家人相聚、亲人团圆成了人们在一年里最大的心愿。还有一个让人动情的节日便是清明节，年轻的时候，更多地知道这是一个祭奠故人的节气，那时对死亡有一种本能的畏惧，感觉它让人心悸、恐怖，并且距离是那么遥远。但当我的亲人去世后，猛然觉得，其实生与死的距离如此之近，甚至仅仅是一步之遥。在中国的传统中，人们对天地、先祖有着无与伦比的敬仰，记得春节我回老家过年，河北省深县、饶阳那一带大年三十下午便要去祭祀先人，一直到傍晚，各个家族的坟茔上鞭炮声不绝于耳。"十里不同俗"，也有的大年初一早晨吃完饺子，乡亲们互相拜年，然后就去祖坟祭拜，这让人觉得，其实生与死对于人们来说具有同等的分量。人的许多潜能比如记忆力，有时候会在某一瞬间表现得淋漓尽致。20世纪70年代清明节前夕回老家安葬爷爷的时候，祖坟的坟头都已经被推平了，变成了一片庄稼地。很多年没有回过故乡的父亲从路边用脚步丈量，前后左右走了几圈，然后肯定地说："这就是祖坟的位置。"后来我问他："离开老家那么多年，你怎么还能记得那么清楚？"父亲说："祖宗在这里，家族的根脉在这里，不能忘，不敢忘。"

清明，会想起那些至亲的人。父亲刚刚记事的时候，我的奶奶就去世了，爷爷一个人拉扯着父亲长大，那时候爷爷不到三十岁，终生未续弦。20世纪60年代，我每年春节前都要回老家，陪孤身一人在村子里生活的爷爷过年。年前爷爷收到信，知道我哪一天回家，早早便买好了鞭炮、糖果，还有一种叫桃酥的点心，放在立柜里面的一个盒子里，每次我回去打开那个盒子，里边都是满满的。大年三十晚上，爷爷带着我拜神灵、拜祖先、贴福字、贴门神。那时候除了院门、屋门和窗户上，连猪圈、鸡窝甚至铁锹、锄头等做农活的工具上都贴上一个福字，祈愿来年丰顺。到了初十左右，春节快过完了，爷爷要把我送到十里之外的长途汽车站所在地，赶早晨七点发车的唯一一班长途汽车。凌晨四五点钟爷爷就要起床，他拉着大风箱煮熟了饺子，然后叫醒我。冬天，天亮得都很晚，吃过饺子，我和爷爷便摸着黑儿赶路，那时家乡都是盐碱地和沙土地，路边盐碱有两三厘米厚，雪一样，白蒙蒙一片。十几里路没有人烟，只有芦苇、茅草和盐碱。两脚踩在盐碱地上，咔嚓咔嚓的声音就像踩雪一样，一种孤独感、凄凉感便油然而生。村子与村子相隔很远，很穷的地方，村子之间都相隔很远。我曾经写过一篇记述爷爷生活的散文，题目叫作《厚土苍茫》，其中写道：天泛亮的时候，很远很远的村子里传来一声清亮的鸡鸣，它若隐若现，悠长辽远。苍凉的荒野有一声鸡鸣，黯然的感觉便一下子被冲淡了许多，似乎在遥远处有了一种依靠，有了一种生命的寄托，有了一种暖意、想象和生机，在那一瞬间便注入了一些说不清道不明的长大了以后成为"思想"的东西，而且这种感受一直延续至今。这种感觉只有在那样的苍茫广阔中才能感受到，一声鸡鸣，就能扫去十里阔野的萧瑟和荒凉。我一直记得那样的鸡鸣，那是寂静中一种内在的精神，是那里的人的命运，听了就不会记不住，就真的能记一辈子。华北平原的村庄贫瘠、平和而安详，我和爷爷踩着盐碱地和沙土地向前走着，从那个时候我开始知道了什么叫作贫瘠，也知道了贫瘠产生深厚和思想。那条路很窄，茫茫的大天大地无边无际，一高一矮的身影，似乎是大地上仅存的生灵。虽然那时候我年龄还小，但已经非常真实地感受到了生活的艰辛和不易，这个时候，就不由得往爷爷身边靠一靠。爷爷虽然只是个农民，我在老家的时间也并不长，但对我产生了精神涵盖的许多理念，就是从那个时候开始形成的。

还有我的姥姥，姥姥大字不识几个，但有着一般人不能比拟的朴素的智慧。我的一些朴素的善恶观，大多源于我的姥姥。姥姥平和、温和，很通达，比如她不让家里人数落鸡鸭猪羊等动物，姥姥说："树木庄稼，飞禽走兽，是个活物就能听懂人在说什么，谁都不愿意听不好听的话。"所以我就一直相信万物都有灵性，好像年龄大了，就更相信这话有道理。家里来了一只猫，姥姥不让往外赶，就那么喂着，姥姥说："是它自己来的。"过些天猫不见了，姥姥也不让去找，说："是它自己走的。"记得连阴天的时候，鸡都下软皮蛋。姥姥说："晴天喂糠，阴天喂粮。"就抓一把玉米粒撒给鸡吃。燕子是候鸟，冬天飞到南方，春天再飞回来的时候一定要找到自己原来的燕巢。北方的大门很多都是有门洞的，姥姥家的门洞破旧了，舅舅想要把它拆掉重新翻修，姥姥不让，说："再旧也要留着，等明年燕子回来的时候，还能找到它们的家。"下雨的时候，我常常忍不住跑到雨里淋着，用手用嘴接雨水喝，那时的雨水是干净的，有甜味，很清凉。下过雨，路上车辙里有积水，一两天里面就有了小鱼，一直奇怪它们是从哪里来的，舅舅告诉我那是草籽儿变的，我当时相信了，去地里捋了很多的草籽儿，放在一个瓶子里，灌上水，天天等着它们变成小鱼。等了好多天也没有变，我就去问姥姥，姥姥对我说："大人的话，有时能信，有时不能信。"下雨的时候，村子中间大坑里的水满了，很多鱼就泛了上来，我和小伙伴们拿着筛子到坑边上去网鱼，回家后，姥姥就把我捞的两条鱼放进了水缸里养着，说是放在里面鱼可以吃蚊子。早年水缸都放在院子里，下雨也不怕进水。姥姥对我说："记着以后不要去捞鱼，它们护着这个村子。"姥姥经常说这句话，看到我们用弹弓打麻雀，或者去掏鸟窝、捅蚂蚁窝，姥姥都会说："别去祸害它们，它们护着这个村子。"当时一直不明白，那些动物跟这个村子有什么关系。现在想来，早年天地人相对和谐，姥姥的话一定有她的道理。这些事情都不大，都是琐事，但对我以后性格的形成至关重要，让我懂得了良善、平和、仁厚、恭谨，懂得了爱和博爱，这财富一般的信条真的就成为我一生的恪守。

清明，还会想起故去的曾经在自己生命中至关重要的人。2018 年 3 月的一天，我跟小学、中学时的同桌王荣珍通电话，聊起上学时候的情形，谈到了我的班主任、辛集育红中学语文老师倪洪寿。王荣珍说他在年前去世了，听到这个消息我吃了一惊，内心一阵悲凉。早年倪老师还是青年，刚从内蒙古返回河北，带着我们这一班四十多个不谙世事的孩子。想到他当年教我们内蒙古民歌，带我们挖地道、学工、学农，教我们写作文的情形，想到我在他面前背诵《离骚》的情形，真的就像是昨天。那时候由于其他活动太多，总是不能踏实上课，这是那个时代的特征，现在想，倪老师也有很多无奈。他原来身体很好的，很结实，没想到他的身体会垮下来，总觉得还有很多时间能去看望他，跟他聊天，留下了很深的遗憾。当时那所著名的辛集中学和束鹿中学都停课了，整个辛集只剩下了育红中学一所中学，甚至连教室都不够用，我们还在束鹿中学原址上过一段时间的课。由于其他学校停课，一大批优秀的老师都来到了"育红"，那是育红中学最鼎盛的时期。有博古通今、口若悬河的甄义用，有和颜悦色、温文尔雅的陈锡珍等，后来担任了辛集中学校长的甄老师也做过我的班主任。清明节，就更记起他们的学者风范和长者风范。我后来走进文学之门，他们当时的循循善诱至关重要。都说父母是孩子的第一任老师，但那个时候的老师，更像是父母。

记得马可·奥勒留在《沉思录》中说过一段话："我经常想到人生的短促，并思考它的意义。度过这短暂的一生，坦坦然然地回归大自然，心满意足地结束自己的旅行，恰如一枚橄榄，成熟了就会落到地上。我会对孕育橄榄的大自然表示祝福，对结出橄榄的树木表示感谢。这无论如何是我的幸运。"

二

清明。在这个季节的一个夜晚，我突然有一些冲动，想为每一个逝去的人撰写碑文。天下之大，难以计数的人来去匆匆，我与他们有的人血肉相连，更多的与他们素不相识，很难知道他们的悲欢善恶。但我不写善恶，其实每个人善恶几乎等同；更不写贵贱，每个人来去时皆为赤裸。他们都有过温暖、凉热、爱恨，都用自己的眼睛看过这个世界，他们眼里有多少曼妙与丑陋啊！叶落叶黄，又是一年萧瑟，万千枯叶染尽冷雨，零落成几代绝世的风尘。

2007年的秋天，我回到当年我们部队的营房，我十几岁参军，不是我总怀旧，而是觉得那个时候无论已经多么遥远，它都是真实的。当年和战友们一起种的树长高了，看到那些树就想起一些人，跟我一起种树的战友，有的已经不在了，而我们刚刚在北部边陲相识的时候，都是青春勃发的孩子啊，于是便很有些伤感。远处的山和记忆中的一模一样，只是觉得它们矮了，后来我想，不是那些山矮了，而是我见到了更高的山。那些年吃过晚饭，我们常常坐在营房外一条铁路上想家，想比家更远的地方。回到老部队的那个傍晚，我再一次坐在那条生锈的铁轨上，夕阳西下的时候，竟然有了很多年前的感觉。人啊，真的经不住磨，不经意，就老了，甚至，就走了。想起那一年的 8 月，青海湖国际诗歌节期间，与会的诗人们去贵德采风，下午一点左右，我们来到黄河边上的梨园别墅用餐。刚落座，便收到一个信息："王中生昨天在北京出差，上午十一点突然昏迷，没有抢救过来……"看过这条信息，我一直没有明白是怎么回事，信息是王中生的妻子发来的，看了两遍之后，我"啊"的一声站了起来。王中生是我在部队时的战友，这一年他才四十五岁，省公安厅巡警防暴总队的总队长。他比我晚一年入伍，在部队，我们都把他当孩子的。王中生出身名门，但没有酸腐之气，他有非常平和却刚毅的性格，有非常好的家庭，妻子是 1999 年大阅兵时女兵方队的队长。王中生做人做事近乎完美，他怎么会走？我心情低抑地给他的妻子打电话，我问："究竟是怎么回事？中生是在抢救还是已经走了？"当我知道了确切的消息之后，我蒙了，赶紧往餐厅外面走，当时泪水已经实在忍不住了。恰好张同吾、韩作荣二位看到了，作荣问："怎么你脸色这么难看？"我忍不住把事情告诉两位兄长，懵懵懂懂地跑到黄河边，望着黄河水咆哮而过，悲痛难耐，在那里大哭一场。我不知道这是怎么了，我不知道好人们这是怎么了。他当时要去秦皇岛检查奥运场馆的安全工作，就这么匆匆走了，甚至没有留下一句话。我给妻子打了电话，告诉妻子和孩子马上到王中生的家里去看看。张同吾、韩作荣和傅天琳看到之后，走过来安慰我。那顿饭我一口也吃不下，一直发愣。临上大巴的时候，傅天琳大姐递给了我一个纸袋，她说："不能不吃饭，这是刚才从饭桌上拿的几块点心，上车后你把它吃了。"晚上在土族寨子就餐时，我的情绪一直不稳，总是落泪，靳晓静对我说："听说了，你要把心放宽。"我说："我知道，但我怎么也不相信。"2007年8月11日上午九点，王中生的追悼会举行，远在西宁的我在那个时间里向着石家庄的方向默默地对我的挚友说："好兄弟，走好。"是啊，走了一个朋友，就多了一份孤单，其实我们即使在一个城市，有时也是一年两年不见面的，但当朋友真的走了，才去想过去那么多的日子里，我们都在忙些什么？值得吗？

说到了傅天琳，这一段时间，总会想起跟傅天琳相识的时候，那时我们都年轻，虽然她年长我十几岁，但一直觉得我们是一代人。20世纪80年代的时候，我读她的诗集《绿色的音符》，觉得那种清纯无与伦比；后来又读她的《在孩子和世界之间》，眼前便有了一个童心和童真充盈的诗人的形象。之后，在众多的诗歌会议上总能见面，就像我在散文中写过的，见面总是愿意离得更近一些。我平时不爱说话，天琳大姐的话也不多，但遇到一起，愿意跟她聊天，觉得这位大姐可以信赖。2011 年 11 月 20 日在第八次作代会上和 2016 年 12 月 3 日第九次作代会上，很巧，都是一进会场就遇到傅天琳。2019 年 9 月，我到重庆参加"首届缙云诗会——中国诗人走进重庆北碚"活动，在茂密的丛林中，傅天琳大姐告诉我："世界上有那么多山，我最爱缙云山，还有那个叫缙云山农场的果园，在物质和精神同样贫瘠的年代，她用仅有的不多的粮食和最干净的雨水喂养了我。一个刚满十五岁没读过多少书的青年，在山野获得了最初的诗歌启迪。漫山桃红李白，而我一往情深地偏爱柠檬。它永远痛苦的内心是我生命的本质，却在秋日反射出橙色的甜蜜回光。那味道，那气息，那宁静的生长姿态，是我的诗。做人作诗，我都从来没有挺拔过，从来没有折断过。我有我自己的方式，永远的果树方式。果树在它的生活中会有数不清的电打雷劈，它的反抗不是掷还闪电，而是绝不屈服地，把一切遭遇化为果实。"傅天琳大姐性情温润平和，9 月 25 日晚上，蒋登科陪我们大致浏览了西南大学，又开车带天琳大姐、娜夜和我去嘉陵江边散步，那次在江边走得很远，知道天琳大姐走得很累了，便对她说："站下，休息一会儿。"但她跟娜夜兴致不减，一直不停地走。看到绿茵环抱中的万家灯火，她说："原来这个地方我常来，觉得那时候这地方好小啊，现在变得好大。"我对大姐说："你的心大，所以你面前的世界就大。"大家也走累了，蒋登科看到路边有一个甜点部，就走进去买了几支冰激凌。我生活得太规律，除了吃饭时间和饭后吃水果，其他时间是不吃东西的，但天琳大姐举着一支冰激凌对我说："你吃，你要吃，这个冰激凌有特点，跟其他地方的不一样。"那神情，让我想起了青海湖边孩子气的傅天琳。2020 年在成都参加第六届中国诗歌节，我写了一首诗，题目是《在青城湾，五位诗人说起年龄》，其中写道："2020 年 11 月 3 号的中午，/成都青城湾，绿意迷蒙。/在一个叫作千荷的亭榭，/忘记是谁最早说起了年龄。/不约而同，从手机中翻出旧时的照片——李琦 30 岁，刘立云 24 岁，傅天琳 33 岁，张新泉 27 岁，/我 19 岁。"是啊，那是一个没有杂质的年龄，那时候我们没有想到以后会相识，会牵挂着走路，会背过彼此的文字，会一起坐在青城湾午后的阳光下。我接着写道：

不记得谁会不老，
不记得谁还会有昨日的容颜，
但从今天开始，我记住的，
是他们年轻时的面容。
如果那时候认识他们，
我会爱他们，比现在更爱，

——现在也不晚，

在青城湾，我们用几十年前的眼神，

对视在了一起。

这时候，青城山黯淡或辉煌的阳光，

依然如昨！

　　想到这些不禁感慨：青城山晚霞的余晖在我眼前依旧灿烂，缙云山的青竹依旧碧翠，而天琳走了。经常想起一些恒久的事物，它成为嘉陵江沿岸的树木、河流和土地。已经过去的和即将发生的都会在嘉陵江的淌动中流逝，我们终将沉默，而嘉陵江，依旧无限、无言、无尽，并且永不止息。

　　清明那一天，一定会想到诗人伊蕾。1975 年认识她的时候，她不叫伊蕾，叫孙桂珍和孙桂贞。1976 年，时任《河北文艺》编辑部诗歌组组长的王洪涛先生在保定易县西陵主持召开诗会，当时担任西陵文管所所长的陈宝蓉先生晚上在泰陵前给我们讲故事，讲到一些灵异情节的时候，吓得伊蕾惊声尖叫。那时候的伊蕾，的的确确就像一个孩子，那情景至今历历在目。2018 年 7 月 13 日伊蕾突然离开之后，我第一次觉得这么笔力不逮，第一次觉得语言这么枯竭，越来越觉得面对世事的无奈。

原来有人去世了，我感觉到悲伤，脑子里马上浮现出和他交往的经历，能写一些文章怀念他，但是伊蕾离开以后，面对猝不及防的凄凉和悲惨，竟然没有能力来表达当时的感情。一个几天前还在和你通话的朋友，一个心心相印的知己，一下子就听不到她的声音了。拨她的电话，只有手机接通的声音，而她不再接听；给她发信息，她不再有回复。那时候，实实在在感受到了心里的疼是什么样子。第二天上午，我专门到办公室去找她的诗集《伊蕾诗选》和《独身女人的卧室》，想再看看那两本书，看看伊蕾在扉页上给我写的那些字，但是没能找出来，几次搬办公室的时候，把想保留的书都装箱了，那些箱子很重很重地摞在我的办公室。《伊蕾诗选》出版的时候，她寄给我一个很大的邮件，里面是送给石家庄诗友的诗集，有十五六本，都写着诗友们的名字，另外多出了两本，上面也有她的签名。她对我说："你觉得谁值得给，就送给谁。"没能找到这两部著作，在我办公桌上的一个本子里，我找到了一张照片，是伊蕾2008年拍摄于自己的家中，后面有她的签名。我忘记了她什么时候给的我这张照片，一直放在我的案头，已经十年了。我跟伊蕾相识的时候她还在邯郸2672工程指挥部当工人和广播员，我保存伊蕾给我的信函，最早的一封写于1976年7月1日。我们一起长大，然后一起变老，我知道，她很少提"老"字。1984 年我们十位诗人成立"冲浪诗社"，伊蕾是诗社中唯一的女性诗人。

1987 年《人民文学》第一、二期合刊发表了她的组诗《独身女人的卧室》，受到一些人的指责，作者和责任编辑承受的压力都很大。我对伊蕾说："别在意，别的我也帮不了你，就是要你马上寄一组诗过来，我发在《诗神》上。"《独身女人的卧室》出版以后，她给我寄来了一本，扉页上写着"送给亲爱的小猪"，后来这本书被其他朋友借走，我以为再也找不回来了，给她打电话说："《独身女人的卧室》让我搞丢了。"她笑了，说："我再给你寄。"于是又在扉页上写了一段话，给我又寄了一本。后来借书的那位朋友把《独身女人的卧室》还给了我，所以这部诗集在我手里有她不同时期送给我的两本。2000 年 10 月，河北省作协在平山召开河北诗会，那天大家都很开心，晚上在我的房间，铁凝、伊蕾、张学梦、陈超和我一起畅快地聊天，说了很多话，拍了好多照片。其中有一张照片，张学梦的头上和我的头上多出了两个小犄角，那是当时用相机自拍照片的时候，铁凝在张学梦的头上用手指摆了一个"V 字"，陈超在我的头上摆了一个"V"字，中间的伊蕾看到后很灿烂地笑着，那时我又看到了伊蕾最初的笑，是那种发自内心的松弛、纯真的笑。有的时候我一个人常面对那些照片发呆，那个时候我们都年轻，那个时候的情感是那么单纯、真挚。2014年11月4日，伊蕾知道那一段时间我担任鲁迅文学奖评委时遇到了一些事情，就发来信息说："烦了，就告诉我，我带你去开一片地，春种地，夏锄草，你的心就开了。"我对她说："没事，我的心早就开了，那些杂草，被我锄得挺干净，其实心开了，那些草就没了。世上无大事，再多的芜杂，一风拂去……"实际上一直到伊蕾去世的时候，她的生活，她的居所，她的心灵，她的情感，都没有找到一个真正的归宿。去天津送伊蕾的路上，我对刘小放说："我大脑晕晕的，不知道白天黑夜。总是流泪，但是没能哭出来，我觉得我应该哭一场，如果我什么时候能够大哭一场，可能这个坎儿就过了。"是啊，很难说谁先逝去，很难说谁给谁送上一束鲜花，很难说谁的手指轻触另一个人的墓碑，那手指，蕴含着温度和暖，也很难说，谁想起一个人时会流下眼泪，会把一辈子的情分都抚在那深深浅浅的碑文上。

叙述这些的时候，正值三月，万物都在萌生。我感慨草们树们花们的枯荣，它们或盛或衰，是固有的天数，天地若在，就是这样，谁也不能改变，什么时候也不会改变。清明节。是啊，前世今昔，沧海桑田，不知道多少人来到过这个世界，有多少人的气息曾吸天纳地。一世为人，不去想瞬间还是恒久，暑热寒凉中有了他们匆忙中活过的一生。世事本平浅，华年翠盖都会烟消云散，于是就忍不住感慨：寒清明，春意冷，远离恨，空留情。那时我想对故人、想对今人说：一爱千年，一恨千年，一愿千年，一瞬，竟然也是千年！

2024 年 3 月 6 日

幸福的失眠

有一些年，我经常失眠。看到过或者听到过许多人描述失眠的痛苦，而我却觉得失眠是一件幸福的事情，为此还写过一篇随笔，题目就叫《幸福的失眠》。感觉在深夜，一个人醒着，去想那些有或者没有的故事，被别人想，或者想别人，很专注也很浪漫。深夜平静、安静，深夜感性、神秘、空旷、暧昧，深夜里什么都特别清晰，深夜里特别有想象力。我的许多思路都是在晚上形成的，有了一些想法，便把灯打开，暖暖的灯光让人极有创造力，很放得开，感受也在那个瞬间显得很开阔。深夜里有各种声音，有各种想象。京广线列车的音律格外清晰，我从小时候就听着这种节奏。想着那么多人从这个城市穿过，我还因此写过一首诗《深夜的石家庄》，"深夜，我听到京广线上/一列火车穿过//我知道，有一些人/路过这个城市的时候/就一定会想起我"。

夜深的时候，脑子就感性或者理性起来，便想起了早年的一些夜晚。我从小生活在铁路边，火车的鸣叫和节奏几乎就是我的心灵日记。记忆里有童真，就显得诱人和美好。那些时间很远也很近，很深也很浅，许多年前那些具体的经历，慢慢就成了情感。这时候回忆里即使呈现的是早年生活的片段，也与现在具有内在的连续性。我至今觉得，我幸运的事情很多，但有一点很重要：小的时候吃了一些苦。我懂事的时候家里没有煤烧，于是从八九岁便去铁路边，从火车上卸下的炉渣里捡煤渣。冬天手冻成青紫色，肿着，也不觉得疼。像捡煤渣那么苦的事情，现在想起来却觉得有趣和怀念。那时候石德线上的火车并不多，每天有哪几列火车通过都记着，晚上养成了习惯，躺在床上一列一列地数，如果到时间了哪列火车还没有来，就想："今天它晚点了。"而且能判断出来通过的列车有多少节车厢，是货车还是客车，这大概是我能够回忆起来的最初的失眠了。我从小做事就很在意、很专注。那时看着远去的火车，只知道远处很远，很神秘，很神圣，因此就向往。后来真的到了远处，又愿意回到最初的那个起点，做回那个纯真稚气的孩子。从那时起，我就不怀疑自己，好像觉得一个人，最重要的是对自己有毋庸置疑的信任，这个理念，影响了我很多年。

假日里天气清丽时，深夜，我便坐在窗前看星星。我居住的这个小区，人们爱熬夜，经常半夜了还灯火通明。但一遇到节日的那几天，对面楼群灯影稀疏，平日里有的窗口明亮，有的窗口暗淡，这时猛然都暗下来了，竟然让人感到了几分落寞和寂凉，觉得内心孤单，觉得不适应。我知道他们一定在路上或者到了另外的城市，看着那些漆黑的窗口，竟然若有所失。人真的有依赖性，甚至是对素不相识的人。那些素昧平生的人和那些平日里一直亮着的窗口，那些熟悉但是猛然暗淡下来的灯光，在这个时候显现出了它们的温度。人需要互相依偎，有时是有形的，有时是无形的，所以，才期待着那些相识的人、陌生的人，那些很远的人和很近的人都好，都总是那么暖意。当时想：其实许多温暖，是那些素不相识的人不经意中带来的。

我还写过一首诗《京广线穿过石家庄》："那么多的飘来飘去，/那么多的走来走去，/整个城市，差不多都能听到列车远去的安然。//那些名字多好多甜呀，/有一些痕迹就是这样留下的，/有一些深入和一些松弛就是这样留下的，/多少窗口，带走石家庄的空气。//真的不想再承受许多年前能够承受的变故，/我越来越想干净，纯净，安静。/越来越想默默地体味，越来越想回忆，/想在傍晚的站台，/去送一个人或者去接一个人。"这是我真实的想法，许多朋友路过石家庄的时候给我发信息："正在经过你的城市。"那个时候我甚至要拉开窗帘，看着京广线石家庄火车站的那个方向，就感到亲切和温暖。

编刊物那些年，应该是职业和性格的原因，太在意，事无巨细，心事很重，二三十年一直吃安定。后来想，世上无大事，有什么值得失眠的？就不吃安眠药了。不把失眠当成病态，它仅仅是一种习惯。醒着真的很幸福，在深夜，低低地说话，感觉有人在听，就更幸福。我读的书大部分是我在失眠的时候读的，我总觉得记忆力在深夜出奇地好。失眠的夏天是一个挺好的季节，我对朋友说："这个季节多好，可以不谈艺术，不谈诗，不谈书，不谈音乐，不谈爱情，不谈悲伤和永恒，站在雨里，凉凉的，轻轻说一句想说的话，或者不说话。"朋友们说我理想主义，外在严谨，有时候却有一点儿小浪漫，我自嘲说："诗人大多如此。"原来因为失眠起床晚，很少知道早晨是什么样子，后来醒得早了，看到了这个城市的另一副模样，觉得真不能总沉浸在一种习惯和性情里，那种习惯和性情害人，无论是好性情还是不好的性情。有一天晚上跟朋友一起散步，他就感慨："好的性情也害人啊。"我说："是啊，有的时候养心，有的时候害心。"

"这些年，结识了那么多人，/也忘记了那么多人。/现在的我，患有轻微的弱视，/想看的能看得很清楚，/不想看的时候，/就什么也看不见。""有能力原谅，能够宽容和修复。能容纳，能包容，能卷曲和伸展，能在某一个时候捂住胸口，它疼痛，而疼痛和自愈，是为了我们存在并深入这个尖利而多解的世界。"这些文字，是我在失眠时写出来的。很多年了，失眠的时候，爱在午夜的街道上散步，在和平路上走过很远，在新华路上走过很远，在中山西路苑东街上也走过很远。一边走，一边就有一些语言跳出来。最初有雾霾的时候，风一吹，就散了。后来雾霾成了一堵墙，任风大风小，依然故我，把夜晚真的压抑成了夜晚。这两年，空气清新了一些，晚上就又有了散步的兴致。"人类具有难以置信的生命力。它的寿命比神学长。总有一天，它的寿命将超过工业主义。它经历了霍乱和瘟疫，残酷迫害和清教徒法规。它将学会怎样克服扰乱这一代人的精神罪恶。历史谨慎地揭示了自己的秘密，它已经给我们上了伟大的一课。"2021 年冬天的一个深夜，再读房龙的《宽容》，竟然像悟透了似的，于是又写道："有些东西淡了/有些东西又重了/淡了的被卸下/重了的又背上/人一生不知有多少这样的更替/背负的总比抛掉的要多""有时也想轻松轻松/但时间久了便不由自主/不由自主便总在负重/背负应该背负的和不该背负的/人总在走/几十年肩上重量等同/有时会在瞬间突然悟到/其实身上所有重量/都无足轻重！"其实这是 20 世纪 90 年代我的一首旧作《人及其路》中的诗句，在那个让人纠葛的晚上，又默写了一遍。

还有一个初秋的傍晚，不知道为什么想起了一首老歌《心中的玫瑰》，那是 20 世纪 80 年代电影《泪痕》的主题曲，是写那场运动中人们悲惨的命运，便一遍一遍地听。想起了那个"疯"女人孔妮娜，想起了朱克实，现在大概很少会有人记得那部影片了，更不会记得这些人物。但我想，如果有可能，我会再把那部影片看一遍。20世纪80年代，有不少能让人记住的艺术形象，有不少能让人记住的旋律。在我的印象中，这些年对我内心冲撞最为深刻的，其中就有那个年代塑造的艺术形象。年龄大了之后，这么深的记忆竟然也有些模糊。是啊，内心模糊，眼睛也有些模糊，于是感觉这个世界也有些模糊。后来我想，挺对的，三分之一的时间看清世相，三分之一的时间闭着眼睛，三分之一的时间适度模糊，这可以是一种心理状态，也是一种境界。是啊，不相识的朋友在私信中说，觉得你处世超然，功利寡淡，宠辱不惊。对他们说：那是一面，我生活中肯定还有另一面，但的确经历愈深，躁气愈浅。也不是再没有欲望，可理智告诉我，如果到了这个年龄还不能自已，仍追名趋利，那只能说明两点：一是这个人浅薄；二是这个人无能。早年赫拉克利特说过："醒来的人们只有一个共同的世界，但是入睡之后，每个人就回到自己的世界里了。"同时，有艺术家认为，艺术这东西很奇妙，它一方面被认为总是以另类的面目出现；另一方面，在相当长的一段时间里，还会被看作混沌中的秩序，给予人们一种观念和理念，并且是展示品行的存在。

实际上，我们这一辈子，真实、自然、纯粹的东西又能看到多少呢？想起了承德外八庙的盲窗：远看那是一扇扇敞亮的窗口，其实是装饰。那貌似窗口的方块根本就是青砖砌成的墙，给你的感觉很光明；走进去，你却根本看不到外面的任何东西……天地混沌而苍茫。有一年我去承德，那是一年中最为寒冷的季节。季节这东西真奇妙，曾经苍翠的叶子，一瞬间就黄了。那天我只睡了两个小时，早晨看外面的色彩，一地斑斓。原来我以为，世界上总有阳光普照，后来我知道，不同的季节，就有不同的阳光。"我察看我的手所做的一切，察看我的劳碌所成的一切劳动，谁知都是空虚都是烦恼，在阳光下毫无用处。"这段话源自一部经典，每次想到，感慨不已。

还有那么几天，我住在滹沱河北岸，深夜望着它，就一直在想在写这条河："草枯了，明年再长；火熄了，瞬间重燃。觉得它的坦荡是出了名的，什么时候也没有失态过，什么时候也没有轻浮过，也许有很脆弱的夜晚，在你的身边轻轻一碰它就断了。"那个夜晚，一定是想起了匆忙的岁月或是黯淡的时光，或者是那些期待中的平凡和平静。滹沱河沿岸的盛夏，在我早晨还没醒来的时候，小麦就熟了，真的能闻到麦香。于是又想起我小时候生活过的那个小镇，想起跟我一起拾麦穗、捡煤渣的小伙伴。从那个时代过来的人，内心大都有超乎寻常的积淀和定力，那个年龄多纯粹啊！这种感受，几十年一直延续着。朋友们总以为诗人的内心世界很松弛，那不是真的，真正有价值的艺术代价太昂贵，它的确是用一代人甚至几代人的命运换来的。好在，我们这些人内心很超然，对世俗的诱惑没有更多的期待。曾经我们儿时的伙伴聚在一起时，便感慨旧日的时光。那时，可爱的小麦估计已经熟透了，田野里一定又是一片金黄。

有些话记不得是谁说的，但一直记在心里，比如"给一个蒙昧的人灯光，他就可能成为智者"，还有"夜晚知道你的所有欲望"。这两句话都与夜晚有关，但一个理性一些，一个感性一些。有时候我出差，深夜从石家庄老火车站下车（石家庄老火车站在正太饭店的位置），沿着寂静的中山路北侧，从老万宝、怡芳斋甜食部、新中国菜店、人民商场旁边走过，一直走回北马路19号的省文联宿舍。应该说，我对早年的石家庄印象都是美好。冬夜深远，苍穹辽阔，那时候，我觉得自己的渺小和微不足道，竟然都成了一种幸福。不经意，走了这么远了。这些年，有的路是走出来的；有的路，只是想象出来的。这生活，就像找出来几部旧书，纸页发黄、发脆了的那种书，拂去上面的微尘，每天读几页。看旧书，想往事，有人说这是境界，我说不是，是习惯。是啊，很多时候我们把诗歌当成真理，事实上它不是真理，它只是情绪和习惯。

2016年8月25日，我去北京参加一个会议，借宿鲁迅文学院。我有一个习惯，只要在外地，最初那几天肯定睡不好，于是翻看学员们的留言簿，竟然有了诗兴，写下了一首诗《夜宿鲁迅文学院》：

2016 年 8 月 25 日，我在鲁迅文学院借宿，
那天晚上，我翻看房间里学员们的留言簿，
上边有一些我熟悉的名字，
那时，我竟然觉得无地自容。

我没有他们的幸运，
小时候我割草，喂兔，捡煤渣，
在旷野里狂奔，
买二分钱一支的铅笔，
穿不合脚的胶鞋，
作文总是范文，数学仅仅及格。

我逆反，不让读书的年代偏要读书，
只让歌唱的时候一直沉默。
没人愿受的委屈，我受，
别人不跳的深坑，我跳。

只写字，不管纸的黑白，
爱走路，无论天的明暗，
不计较红尘的良善，我足够良善，
不在意世间的浑浊，我一样浑浊。

我自恋起来如同天使，
忏悔起来该下地狱。

我不高雅，不内涵，经历平淡，
不帮，不派，无亲，无疏，
没参加过青春诗会，
没参加过青创会，
没上过鲁迅文学院，
后来，竟然成了诗人。

一个夏日的夜晚，
我借宿在鲁迅文学院，
那时我实实在在地感到，
自己除了是一个诗人，
还分明就是一个外人。

　　有时不经意，就又快到一年的春天了，时光快得让人来不及思索，只能留下记忆，不知道什么情景就涌上了心头。前两年一个夜晚，突然记起 20 世纪 80 年代我独自到南京、武汉和九江，晚上一个人站在"江汉"轮的甲板上，船舱里播放着《话说长江》中的主题曲《长江之歌》，听着陈铎、虹云两位艺术家舒缓从容的解说，两岸清亮的灯火让我感动得落泪，就那么站了半夜。那时候没有想到，十多年后，我的作品《那时你老了》《鸽子》《河北》等也成为两位艺术家经典的声音。前几年我再到三峡，那世界上唯一的大景观、大气象早就被淹没了，看着那东逝的江水，内心纠葛，无以言说。想到这些，我给南方的朋友们打电话，他们说，那一年，他们那里没雨，而那一年，华北平原无雪。是啊，怎么没有雪呢？如果有什么可以永恒，比如雪，比如哪怕微小的生命，比如爱，比如容颜，比如尘埃，那该多好！这不是现实主义，谁知道我怎么用这样的语言说话。有些怪诞。理解我们看到的世界吧，它本来就充满了奇趣、怪诞和非诗意。其实，想那么多干什么，尘世间的许多事，有的时候你用心就对，也有的时候，你不用心就会更对。

2018 年除夕的那个深夜，我一个人在石家庄新华路上散步，路上很少有车，很少有行人。那个夜晚也没有雾霾，能看得很远，甚至能看到新华路东端的大厂街，我好像又回到了几十年前的老石家庄。几十年前石家庄路比现在窄，灯比现在暗，但是有城市的味道，有生活的味道，有人的味道。那时候孩子们随意在街上玩耍，空气是甜的；每年秋天，路上铺满了叶子，一到冬天，天上飘洒着雪花。我曾经在自行车后面用麻绳捆着一个马扎，在雪地里骑着自行车带着孩子从北马路回菜市街和维明路交叉口的姥姥家，七八公里路。路上偶尔有行人和自行车，都不紧不慢，孩子坐在马扎上在雪地上滑行，一边走一边纵情地笑，我总是记起那时候雪地里孩子们恣意的笑声。那时这个城市街道不宽，人也不多，天尽蓝色，秋自橙黄，很幽雅。每一条街道都是一个树种，有的广阔有的高大，极有特色。像桥西的北马路、维明路、新开路、华西路，街道不一定多长，但很静谧，有味道。

　　一个很晚的晚上，看到一本杂志上有米开朗基罗的一句话："睡眠是甜蜜的，成为顽石则更加幸福。"这跟我的性格很相像，后来我就称自己为"失眠的顽石"。去年国庆节，一直到凌晨才睡，看着外面的楼群，发现竟然无论几点，依然还是有窗口的灯光亮着。是啊，无论这个城市的夜有多深，总是会有醒着的人。有时我读书，夜里爱读一些浅显好读的书，但在某一天的夜里我却在读帕斯卡尔的《思想录》，那是一些道理、哲理，甚至是真理。我想，不是说有多少人遵循这些道理，而是有多少人读过这些道理，如果读过，他会懂得生活还有一个尺度，而且那个尺度，经常悬在我们的眉间。

　　夜里有一种寂静中的声音，很近很近。它喧闹，它时尚，它欲念，它雅和俗，它和夜贴得很紧，也和夜一起暗下来。我会记起寂夜中曾经的耳语，不知道是不是最远最远处的那一丝温存。

夜深人静，我常常失眠，几乎是幸福的失眠。更多的时候，我不会去想天会不会亮，我想的是：深夜，这个城市，在为谁亮着灯光？

2020 年 6 月 2 日

萱草无际

　　母亲的家乡是河北省束鹿县试炮营村，她出生于1934年。那是个动荡的年代，烽火不绝，狼烟四起，华北平原也显得不是那么宁静。试炮营村村子很大，有自己的学校，姥姥家境在村里还算殷实，母亲上了小学，又到附近的田家庄上了完小，这在当时的女性中是不多见的。新中国成立之后，1951年，十七岁的母亲参加了县人民银行的招录考试并被录取，从此成为国家干部。父亲也是同时考入银行的，据他们回忆，当时考试的科目有政治、语文、珠算，题目不是太难。那时百废待兴，社会环境也相对公平，村子里稍有些文化，也愿意出来的年轻人大多有了工作。写作这些文字的时候，我想起了萱草，萱草也被称为忘忧草、母亲草，于是拿来做了题目。萱草多生长在平原和山坡上，适应性、生命力极强。萱草的姿态柔美，枝叶丰厚，花色清丽。宋代药学家苏颂在《本草图经》中载："萱草，处处田野有之。"《本草纲目》中也说，萱宜"冬月丛生。……新旧相代，四时青翠。五月抽茎开花，六出四垂，朝开暮蔫，至秋深乃尽，其花有红黄紫三色"。唐代诗人孟郊的《游子》中亦写道："萱草生堂阶，游子行天涯。慈亲倚堂门，不见萱草花。"

我儿时生活在一个相对平静、平和的小镇，辛集镇面积不大，是个熟人的社会，每个人似乎彼此都相识，充满了温情与人情味儿，就连卖酱油、卖醋的售货员也知道我是谁家的孩子，妈妈让我称呼她们大姨。小时候的早晨，妈妈经常会给我一毛钱，让我去买一个麻糖（油饼）吃。那时候早晨的街道里静谧安详，雾气缭绕（是一团一团的雾气，不是雾霾），远远就能听见卖油饼伯伯的吆喝声。记得有一次我对他说："我爱吃糖多的油饼。"从那以后，卖油饼的伯伯看到我去买油饼，总会拿出来一个油纸包说："这个麻糖是你的。"现在每当吃到油饼的时候，就想起那个卖油饼的伯伯。

孩子们最期盼的就是春节了。妈妈会给我和妹妹、弟弟买糖、花生、糖葫芦什么的，也有其他好吃的，还可以穿新衣服。进入腊月，我便到集市上买几挂鞭（就是很小的那种鞭炮），有一百头的，有二百头的。舍不得一起放，把鞭炮拆下来装在兜里，再点上一根香，边玩边放。春节过后就是正月十五，那时候"文革"了，十五灯会的花灯上大多是语录和各种各样的标语口号，但还是有少量诸如"人寿年丰""岁岁平安""天下太平"的字样。我脑子里最初一些祝福的吉祥词汇，就是从花灯上记住的。那时的天比现在冷，下雪之后会有冰挂，那时的雪是干净的，渴了，就在树枝上或者屋檐上敲下来一个冰挂含在嘴里。当然少不了吃元宵，元宵是金丝玫瑰馅的，也仅仅能吃几个，妈妈挣钱不多，舍不得多买。我和弟弟妹妹吃的是买来的，她吃的是自己"搓"的。正月十五这一天比初一还要热闹，人们都到街上来了。这一天像是孩子们的节日，兜里有妈妈、姥姥给的比平时多一些的零花钱。街上有摊贩在卖糖墩儿、糖葫芦、酸枣面，有卖棉花糖、吹糖人和爆米花的，一派市井的喧闹。男孩子玩打仗玩捉迷藏，女孩子们缠糖稀，还有一种游戏叫作"翻花绳"或者"挑绳"，一根绳在手上穿来穿去，绾出来各种花样。镇子上逢一逢六还有集市，妈妈爱赶集，经常领着我到街上挑选一些鲜菜、水果什么的，还在集上买一些日常用品，比商店里便宜。平时，妈妈是不给零花钱的，我割草或捡废铜烂铁卖几毛钱，到书店买一本新小人书。有时候真没钱，眼巴巴地看着，售货员阿姨看到了就说："先拿走吧。"然后用粉笔在小黑板上记下："小葱七分（七分是小人书的定价）。"不知道的还以为这是蔬菜的价格，其实是我欠书店的钱数，那时候西红柿每斤才两分钱，七分钱买一本小人书，感觉已经价格很高了。后来我想，一个人的性情，一定源于他童年时的生活环境和教养，长大后的性格，无论谦和良善还是狂躁莠邪，都与儿时的经历有关。

　　那时候晚上经常会有"最高指示""最新指示"在广播里发表，每到这时，机关、企事业单位干部职工，学校的学生，都要上街游行庆祝。妈妈年轻的时候身体一直不好，就是由于在广场上开庆祝大会时下起了大雨，但铁门是关着的，散会后铁门一开，人们一起往前拥，妈妈被踩在了地上，造成了肝损伤，吃了很多年的中药。妈妈上班回来晚，我便给她熬药，那时候觉得中药很难闻，所以直到现在一有中药的味道，我还有些不适应。我也曾经遇到过一次危险，记得有一次大街上满是标语旗帜，游行的人群很密集，不知为什么，最前面锣鼓队突然停了下来，但后边的人还在往前拥。我个子小，被挤得摔倒了，两只胳膊撑着地，已经很没有力气了，如果人流再往前拥，就会被踩在下面。当时很害怕。这时一个身材高大的人一把把我拽了起来，一下子把我背到了背上，就那么背着我向前走，一直走到人群逐渐散去的时候。当时觉得他力气很大，在他的背上能看很远。他把我放下来的时候，我在昏黄的路灯下看了一下他的面容：三十多岁，让人看了踏实的方脸庞，后来我还刻意找过这位叔叔，但再也没有遇到过他。我三岁的时候，妈妈把我送到了幼儿园。我适应环境很快，在幼儿园没有生疏感，跟小朋友们玩得很开心。有一天我突然发高烧，当时烧得已经昏过去了，记得两位阿姨老师匆匆忙忙抱着我在医院的走廊里跑。我在昏睡中睁开眼睛，看了她们一眼，以后的事情就没有记起来，但是她们那焦急得满脸是汗的面容，却一直记在心里。妈妈后来总对我说："你要记着她们，她们救过你的命。"这句话我一直记得，但那两位阿姨姓什么叫什么，由于年龄实在太小，怎么想也想不起来了。我曾经把这些经历写了下来，朋友看了说："这么多年了，这些细节你怎么还记得？"我说："她们都是善良的人，善良，就能够被人记住。"是啊，能够被人记住，能让人觉得暖，真的不易，一个人是这样，一群人也是这样。人活一世，重要的在于经历了什么，这会造就他一生的性格和理念。

坦率地说，由于年龄小，对于那些时日，我能够回忆起来的只有支离破碎的片段，所以，当我想更加准确、客观地了解和记录那个年代的时候，就对父母说："想一想那时的事情，能想起来的就都写写吧。"父亲说："时间太久了，记不起来了，忘记了。"能看出来他有意回避这个话题。但他交给了我一个笔记本，能够写日记详细记录自己当时的经历，在那个年代也不多见。没过几天，妈妈写了厚厚的一沓稿纸，记录了那个年代所经历的一些细节，我觉得那些字迹，比一些名家手稿都要珍贵许多。有时候看着几十年带给父亲母亲他们这一代人的沧桑，不知怎么就想起了爱默生的话："每一个人，都是一个破败中的神。"那时就觉得，星星黯淡的高天，有难以消解的空旷。我儿时的那个年代，动荡而多解，但越是那样，人就越有着敏锐、细腻的情感，当然，这一代人的局限性和障碍也缘于此。由此，你看到一个人的时候，就一定会看到一个年代的影子。我也曾经试图摆脱过这种局限，但无济于事。

这些年，母亲给我打电话的时候，总是重复着所有母亲都会重复的有些唠叨的嘱咐。前几年由于众所周知的原因见不到面，互相惦记，母亲挂念孩子们比挂念自己要多。在母亲眼里，孩子无论什么时候、年龄多大都是孩子，直到现在去看望她的时候，退休金不高的老妈还会塞给我一些零钱，说："拿着，别省细，想吃什么就买点儿什么，别舍不得花。"我一边推辞一边说："别操心，我还能饿着？"她拉着我的手："拿着吧，拿着。"这句话妈妈对我说了几十年，说了不知道多少遍了，至今依然在说。六十多岁的人了，在母亲眼里还是孩子。我的孩子理解她，对我说："拿着吧，不然奶奶会着急。"我执意不拿，回来却发现，不知道什么时候，老妈把钱塞到了我的包里。如果哪个星期天有事没有回家，妈妈就会打来电话说："忙就别回来，天冷，别去外边。"或者说，"忙就别回来，天热，别去外边。"回家了，妈妈就踏实，不回家但是没有外出，妈妈也踏实。妈妈说别熬夜，早晨要吃早饭，少出差，工作别累着，累了就休息，别少了水果，没有了就去超市买，缺什么就说，我给你们去买。别的都不要紧，身体好就好……每次回家妈妈都要说这些，我每次都会答应着，答应了她心就安了。我在电话中也总对她说："您和爸爸商量着一起做饭，那样挺有意思的。腰不好别总走那么远，两个人别为小事拌嘴。相互照顾的，还是那个老伴，孩子们谁能总在身边啊。（老妈说：是啊，孩子们都有自己的事。）别省那点儿电费水费，冷了就把电暖气用上。"我也唠叨了，老妈不觉得自己老，我却觉得老了。星期天的时候，回到母亲那里，中午睡得很深，有时能睡到下午三四点，那是由于心里觉得踏实。

母亲九十岁了，她那个时代过来的人吃过苦，对生活有一种本能的提防和疑虑，平时总是攒很多米面油、糖盐醋，攒很多看来未必能用得上的东西。有时需要什么平时不大好找的物什，去问母亲，她那里总会有。母亲对我说过，20 世纪 40 年代的时候，多半缸黄豆曾经让全家度过了一段艰难的日子。她还总腌各种咸菜，说："想吃的时候能吃上。"一到初冬，母亲就张罗着贮存白菜、大葱什么的，她说："冬天爱缺这少那。"一开始我总会对她说："千万别多买，吃多少买多少，放着也就坏了。"年龄稍大以后，我突然感觉母亲是有些道理的。我出生在 20 世纪 50 年代，我长大的那些年缺吃少穿，几乎所有的生活必需品都要凭票证购买，这一方面是物资匮乏的原因，但另一方面可以保证最低限度生活的粮油供应，所以我总说对那个年代的感觉是苦辣酸甜、五味杂陈。由于吃过苦，挨过饿，那一代人勤俭也成了习惯，一粒米也舍不得浪费。舅舅在天津工作，回姥姥家的时候给妈妈带来了几斤"小站大米"，妈妈蒸了一顿米饭，感觉那是世界上最好吃的大米。妈妈把大米小心翼翼地灌到了一个瓶子里留了起来，偶尔我有个头疼脑热，就抓一把，再放一点儿小米熬一碗粥给我吃。但时间长了，竟然也长了虫，上面爬满了嘴巴尖尖的米虫。米虫专食谷物，寄生在小米、麦穗、玉米、稻子等粮食作物中，会把粮食咬得乱七八糟。妈妈对我说："把这些虫米拿到外面去晾一晾，不要晒，一晒米就酥了。"我贪玩，没能看住，晾着的大米被大院里不知谁家的几只鸡吃了一半，剩下的米散落在牛皮纸周围的地上。妈妈没怪我，跟我一起一粒一粒把那些米捡了起来，捡了很长时间才捡干净。这些场景现在叙述起来平平淡淡，但让我记起了经历过的一段时光，那毕竟是自己生活中重要的一部分。我对孩子们说过这些，他们不在意，如同我当年不理解妈妈说的话一样。事实上，一些事情是没有可预见性的，年龄稍大之后，我也养成了跟母亲差不多的习惯，内心总有一种隐隐的忧虑和忧患意识，无缘由，说不清道不明。星期天去妈妈家，抽屉里有一些20世纪60年代至80年代末的票证，妈妈说："你拿回去存起来吧，里面有不少你都用过。"看着那些很是生疏的图案我就想，那个年代，并不太久远啊，怎么竟然都快忘记了呢？

一代人的生活方式，是他们各自不同的经历所决定的，几乎没有办法改变。母亲那一代人节俭、省细渗透到了生活的各个方面。20世纪80年代，我妹妹的孩子在石家庄市草场街小学上学，妈妈每天要骑着三轮车接送，她到北马路省出版局图书批发部批了一些连环画，又自己做了沙包、毽子和小布老虎什么的玩具，每天放学之前早一点儿到学校门口，趁着孩子们放学，卖几本小人书和自己做的玩物。她说："我又不缺钱，就是为了在那里等孩子的时候有事儿干。"母亲卖的连环画很便宜，做的沙包里边装的是绿豆，她说孩子们玩着干净。哪个孩子钱不够，妈妈便说："拿走吧，是奶奶送给你的。"孩子们放学以后都会找她，有的时候回家早，孩子们还总问："奶奶去哪儿了？怎么没来？"后来我给妈妈整理楼下的小房，里面还有不少没有卖完的连环画，比如成套的《西游记》等，妈妈说成套的书定价贵，孩子们没有那么多钱买。那些小人书有些都成了孤品，我开玩笑地对妈妈说："这些书，没有卖就对了，现在可值钱了。"

家里只有两间房子，我长大以后，妈妈和我一起到街上去捡半块的砖头，请舅舅带着几个村里的乡亲在院子里给我盖起了一所小房子，那间房子虽然很矮小，但从此我有了属于自己的天地，在屋子里昏黄的灯光下，度过了我的初中和高中时代。小时候都是妈妈为我理发，那时割草、捡废铜烂铁，卖了钱自己攒着，妈妈用我攒的钱买了一个"双箭"牌的理发推子，前一段时间妈妈把它给了我，四十多年了崭新如昨。我儿时养成了一些不大好的习惯，比如吃着饭看书。那时候书一般是借来的，一两天内就要看完，所以吃饭的时间也舍不得放下，久而久之就成了习惯，吃饭时不拿着一本书就吃不下去，妈妈总为这件事情"吼"我。这种习惯一直持续到我的孩子长大了，怕影响他才改掉了。现在一想，许多书就是在那样的情境下读的。从小妈妈就告诉我不能躺着看书，对眼睛不好，但那时不在意，每天睡觉之前一定要在昏黄的灯光下看书，现在眼睛真的模糊了。所以，儿时养成的不大好的习惯，到年龄大了以后才知道它会给自己带来怎样的麻烦。

小时候穿的衣服大部分都是妈妈做的，有的是她的衣服改的。有一年春节前夕，妈妈把自己的一条裤子让我穿上，但因为是侧开口的，我那时已经上小学了，懂得只有女生的裤子才是侧开口，坚决不穿，妈妈很生气。可那时生活真的很困难，父母不高的工资要养活一家人，还要供我和弟弟、妹妹上学，没有多余的钱为我买新衣服。有时妈妈看我想吃什么，舍不得买，就自己做，我想吃炸糕，买不起江米，就把白面用开水烫了做炸糕；

我想吃麻花，妈妈就和了面给我炸，虽然跟外边的有区别，不甜也不脆，但吃起来还是很香的。当时供给的煤很少，根本不够烧，我就去捡煤渣，从八九岁一直捡到了十五岁。放了学把书包一放，我来不及做作业，赶快背着小筐往火车站跑，去等从蒸汽机车车头上卸下来的炉灰，看里面有没有烧透的煤块。司炉一卸下来，我们就赶忙爬到炉灰堆上去捡，从火车炉膛里推出的灰渣中捡，很烫，烟尘缭绕，鼻子里都是灰，手指都被磨出了血。尤其是到了冬天，穿的布鞋一会儿就湿透了，手脚冻得青肿，一冬天手上脚上都是冻伤，只能晚上回家后，拿开水烫一烫。我参军之后回家探亲，家里还在烧我捡的煤渣。记得有一个比我更小的孩子，他抢不过大孩子，捡了半天也没捡多少，站在那里流泪，我问他哭什么，他说捡不满家长会不高兴，我便把自己捡的半筐煤渣一股脑儿都倒给了他。回家后妈妈问："怎么今天捡得这么少？"我对妈妈说了实情，妈妈点了点头，对我说："去洗洗手吃饭吧。"捡煤渣我没有感觉到苦，觉得那是我与同伴们游戏的一种方式。我的童年在一种大人繁复而纠缠、孩子简单而松弛的氛围里度过，从那时候起，我开始学会了不去简单评价一个人和一批人，不去简单评价自己经历过的岁月。旧日如昨，有趣的是，很多记忆，时间越久，反而越深刻。我从小捡煤渣，参军后在部队烧窑，夜里行军差一步就掉下了悬崖，等等，这些经历形成了我性格的刚硬、固执、内在与坚韧。

我小时候很调皮，上初中的时候"文革"轰轰烈烈，老师管不了学生，我们不愿意上课，课间时就把老师锁了起来（老师宿舍用的都是挂锁）。我还经常不知道什么原因跟同学打架，总有孩子的家长来告状，妈妈只好一遍一遍地给人家道歉。那个年代，中午吃饭的时间经常会有乞讨者端着碗站在门前，妈妈每次都是自己吃什么就给人家点儿什么。有时候看要饭的人带着孩子，还会掏出一两毛钱给孩子，那时候的一两毛钱，在我看来已经不少了。我家的邻居是民政局局长赵志强伯伯，经常有一些荣军来找他办事儿，大部分是残疾人。赵伯伯下班晚，他们便在门口等，有时候就坐在我们家的门台上。妈妈下了班看到门口坐着人，说："给他们端碗水喝。"我们院子的对面住的是乡村医生刘双报，家门口有一个很茂密的葫芦架，我们经常跳起来去摘上面结的葫芦。刘双报医术高超，尤其擅长治疗皮肤病。运动的时候不允许他行医，被惩罚去劳动改造，让他去淘厕所，他成分高，是改造的对象。由于天天淘粪，他身上有一股异样的味道，人们见到他都躲着走，他也戏称自己是"屎壳郎"。妈妈不嫌弃，每次上下班遇到他，都会多跟他说几句话。每当这个时候，就能看到刘双报黯淡无神的眼镜框后边多少有了一点儿亮色。我们这些孩子不懂事，知道他成分不好，还总挨批斗，是我们眼里是坏人，就在他家门口的墙上写了很多诸如"打倒坏分子刘双报""砸烂刘双报的狗头"之类，甚至还有一些谩骂的话。刘双报看了以后，总是默默地把那些粉笔字擦掉，擦掉以后我们再写。妈妈知道了以后很不高兴，她问："墙上的字是不是你写的？"我说："有我写的，也有别的同学写的。"妈妈对我说："以后不许再写那些字，对人不礼貌。"我说："他是坏分子，为什么要对他礼貌？"妈妈说："你还小，有些事你不懂。"长大以后我懂得了，一个人的善良是天生的，跟贫富没有什么关系。现在不知为什么，想起那一瞬间的我便会记起郁茨科夫说过的一句话："如果一个人的一生会给自己带来幸福，那么他是这个世界的花朵；如果一个人的一生能为很多的人带来幸福，那么，他就是这个世界。"

从小学到高中，我的文科成绩很好，在学校很受宠，也是个相当调皮的孩子。前面说过，那个时候老师对学生很大程度上失去了约束，我的心里没有压力，能偷偷地看书、到铁道边玩、去捡煤渣、捉蛐蛐儿、割草喂我养的兔子、和小伙伴们尽兴玩耍，一个孩子在那个年龄应该得到的放纵和快乐，我都得到了。还有另外一个乐趣：我最要好的同学张敬涛，他家里有一个四合院，我们全家曾经租住在这个小院子里，他的家人对我就像对待自己的孩子。星期天的时候，妈妈允许我住在张敬涛家。敬涛的太爷爷那一辈人是乡绅，家里有大量的藏书侥幸没被抄走，我们两个便躲在一个偏房里，在昏暗的灯光下一夜一夜地读那些现在看来很平常的"禁书"。很多年后，我总是回忆起我长大的那个孤单的童话般的小城市，那里寂静清冷，却明亮，有着一个孤单的孩子所期待的内心繁华。看到过多芜杂的时候，就想那些让自己温暖倦怠的东西，那种单纯会让自己更为单纯，而复杂的东西则相反。于是，就虚构一个理想的所在，在那里面满足着简单的快乐，哪怕乏味平庸。

母亲有一种骨子里的善良。张敬涛的老家在束鹿县郭西村，他的爷爷土改那年被定成了地主，从此家道中落，只留下三间北屋。他的爷爷好逸恶劳，到了他这一辈，已经是寅吃卯粮了。敬涛的奶奶患病去世以后，他爷爷几次续弦，但这些女人把他的钱卷走以后就不知所终。敬涛的爷爷自己在村里生活，没有什么收入，又爱喝酒，一喝就醉，渐渐入不敷出，便把自己的几间房都卖了，以后靠变卖自己私藏的金银细软来生活。他经常拿着一根金条到银行来兑换，妈妈在柜台看到以后就对他说："你不要一下兑这么多，钱到了你的手里就又都吃了喝了。把金条断开，每次兑一段，你省细着花，够你这几个月的生活费就行。"有一天中午他又来兑换金条，银行两点才上班，便找到了我家。妈妈一看他来了，请他一起吃午饭，还让他喝了两小杯酒。吃过午饭后，他说："我先去银行门口等着，一会儿你上班以后再把金条给我断开。"妈妈去上班的时候，看到敬涛的爷爷躺在院子外边的一个小饭店门前，从家里出来之后，他又去喝酒，喝得酩酊大醉。妈妈气不打一处来，无奈只好把他搀回家里，给他把身上、脸上清洗干净，扶他上床。敬涛的爷爷一直醉着，在那里呼呼大睡。下午四五点钟的时候他醒了，慌里慌张去银行兑换了金条。那天晚上，屋里满是酒气，我睡觉的时候，身上奇痒，被咬了几个大包，起身一看，身下有好几个跳蚤，我和妈妈整整抓了一夜跳蚤，几乎没有睡觉。

儿时的记忆太深刻了，比如我长大以后的饮食习惯，大多是六七岁时跟妈妈、姥姥养成的。那时候在姥姥家都是吃一些大锅菜、贴饼子、榆钱儿窝头、豆瓣酱、韭菜花什么的，偶尔吃一次面条。为了省钱，妈妈就用玉米叶包粽子，现在想起来依然能够记起那独特的味道。那时吃了不少苦，可回忆起来还是津津有味。这些年一直遵循一种对习俗的执着，崇尚朴素和自然，有时竟然如同信仰。真应了那句话：进出有暖榻，依旧恋草席。上小学的时候，妈妈上班，没有时间做中午饭，常常是不到一毛钱买回来二斤豆芽，或者炒个西红柿就是一顿饭。所以我现在最爱吃的菜还是炒豆芽和炒西红柿，很不习惯那些山珍海味大鱼大肉，觉得不如豆瓣酱、韭菜花吃着可口，因此总回避在外吃饭的场合。从这个角度上来说，儿时的习惯，大致能够影响一个人的一生，很具有永恒性。性情中还爱吃苦的东西，小时候去地里挖马齿苋，妈妈用开水焯一下，放上盐、醋和几滴香油，有时还倒上一点儿花椒油，就那么拌着吃，有微微的原野的味道，觉得很爽口。也许是那个时候没有多少菜吃，只要有味道就觉得好吃。后来又爱吃苦瓜，爱吃带有些许苦辣味的新鲜辣椒。有一次孩子送来了一袋子自己种的青辣椒和苦瓜，凉拌了一下，居然吃了两盘。觉得那种苦涩的味道，好像跟儿时那些年的某种感觉非常契合。平时不怎么说吃的，今天想起来了，我一直认为最好的烧鸡在我的出生地束鹿县辛集镇，小时候看到在商场街西口饭店的门边总是支着一口大锅，每天傍晚的时候，就有伯伯把鸡放到锅里，然后用一个大大的木质锅盖盖上，上边再压两块石头，焖整整一晚上，第二天早晨出锅的时候，醇香四溢，一天只煮那么一锅。去乡下看姥姥，妈妈总是给我钱，让我去买一只烧鸡。卖烧鸡的伯伯在我们前院住，以为我是自己家吃，每次都给我挑一只大的，说："多吃点儿，吃了长个儿。"去年中秋节，有朋友送来了两只烧鸡，我一吃就说："这是束鹿烧鸡，别的地方做不出这种味道来。"

母亲有轻微的洁癖，看不得一些不大好的东西，比如她去超市时，看到超市里的散装食品，总有人在那里捏来捏去；只要是散装食品就挑来拣去，花生豆挑，黄豆挑，甚至绿豆也挑，不是向外挑坏的，而是一个一个挑好的。有时候十几个人围着一堆什么豆类，一边挑一边大声谈笑，唾液横飞，母亲回来就很不高兴，总是嘟囔："怎么能这样？怎么能这样？早先我去农村赶集，在集市上也没有见到过这样挑拣。"我对妈妈说："您看着不舒服就别买，别生气，许多事情咱们管不了。"后来有一天妈妈高兴地对我说："我对超市的导购说了，她们还真听了，今天把那些豆子小米都装袋卖了。"那个时候母亲神清气爽，很有成就感。从母亲那个年代过来的人，经历了生活的困苦和艰难，所以都很懂得省细。搬家的时候，抽屉里一个小瓶子里还剩下两粒感冒药，母亲拿起来就吃了。我挺着急的："又没有感冒，吃那个干什么？"母亲很有理地说："那也不能扔了，扔了多可惜。"说这些其实是想说：一代人有一代人的道理，由于他们的经历，由于他们的生活经验，注定了有自己的一种特定的生活方式，说不上好，也说不上不好，那是他们从磨难中带来的。一旦遇到同样的情境，我就会想起来他们当时说的话，就觉得有时候他们的固执也有相当深邃的道理。

母亲的窗外有一棵有些年轮的树，北方的树在冬天的季节就显得沧桑和孤单，那些枝杈挺在那里，乍一看像是干枯了，但根基扎实，有恒久的底蕴，它们是在默默酝酿着生机。一年一年，这些树有的时候成为景致，也有的时候成为冬天里内在生命的象征。一群麻雀落在树上，那群麻雀圆滚滚的，树的叶子落了，它们就像树上一片片冬天的叶子。我知道，它们也一定知道什么是亲近，什么是友善。那时候，妈妈在读一本杂志，上面说："有人列举了世界上最快乐的人：刚刚完成作品的艺术家，为婴儿洗澡的母亲，挽救了患者生命的医生，正在用泥巴修筑城堡的孩子，等等。"我知道，这个冬日的午后，妈妈一定感受到了自己的幸福和快乐。"夫天地者，万物之逆旅也；光阴者，百代之过客也。而浮生若梦，为欢几何。"是啊，浮生若梦。总说怀旧就是变老了，闲暇的时候，妈妈总愿对我说起往事，唯有那个时候，我觉得她的神态和表情，变得那么年轻，那么有神采，那么有光泽。

2024 年 1 月 25 日

旧小说时代

　　我所说的旧小说时代指的是 20 世纪 60 年代中期，当时我不到十岁。图书馆里有限的世界名著和人文书籍都不再借阅，但我恰恰从那个时期迷恋上了文学。那时我和小伙伴们经常到铁路边去玩，铁路边是一片厂区，我们这些孩子从那里的工厂废弃物中捡一些碎铜废铁，拿到收购站卖钱，然后便到新华书店去买小人书。那时妈妈是基本不给零花钱的，记得妈妈去让我买醋，醋八分钱一斤，给我一角钱，剩下的二分，我就不还给妈妈了，这样渐渐攒一角钱，赶紧去买一本小人书（那时的小人书有的才几分钱一本）。大舅二舅在外地工作，每个月准时寄回十五元钱给姥姥做生活费，都是妈妈取出来之后由我给姥姥送去。有时姥姥也给我五角或一元钱，这在当时对于我是一个天文数字，使得我也有了自己的一个书箱，那个书箱也是我从供销社捡回来的。我小时候手还算巧，经常自己鼓捣出一些小玩具，像弹弓、火柴发火枪、陀螺、手电筒什么的。还自己找了一块"骨牌"，也就是麻将，把其中的一面磨平，找了一根钢丝磨出刃来，刻了一枚"李丛"（我的原名）的印章，把买来的那些连环画编上号，再盖上自己刻的章。儿时对那些小人书，是相当在意的。写过一些随笔，谈过一些旧事，但最应该谈的是读书，我却一直回避这个话题，印象里最深刻的，往往也回忆起来最为感慨最为五味杂陈。我一直说："读什么样的书，就有什么样的命运和生活。"我之所以成为诗人和编辑，跟我读的书有相当大的关系。

记得 2009 年 4 月 23 日上午，应河北省图书馆之邀跟孩子们谈读书，我对孩子们说："今天是'世界读书日'，给我的题目本来是'阅读与写作'，我改成了'和孩子们谈读书'。我想多谈谈读书，谈谈读书对我的生活和写作的影响。一来直接一些，二来写作是一个更大的话题，读书不一定单纯为了写作，更不一定单纯为了成为一个作家，而是深刻自己、成熟自己的一个手段。今天我们在图书馆谈读书，面对这么多巨著谈读书，这让我忐忑。我们苦思冥想的许多道理，我们许多自以为深刻的经历和思想，其实我们的前人早就在书中告诉我们了，在前人那里几乎都能找到答案。政治的、经济的、文学的、科学的、神学的，等等，无所不包。因此说读书是间接认识社会的一个捷径，是把别人的思想和经历变成自己的意识和经验的一种方式。对于一个梦想成为作家的孩子，读书是为了深厚自己的积淀，也使自己懂得了前人曾经达到的高度，使自己内心有一个可以感知的参照物。

"我承认，自己对当下孩子的阅读了解并不很多，'儿童是成人的父亲'，这是英国诗人华兹华斯的话，当然不是说孩子是大人们的长辈，这句话的真实含义是，孩子许多时候、许多方面其实是成人的老师。我自己基本上是一个教育的失败者，大人们经常做的事情是：当孩子们还是孩子的时候，我们把孩子当作成人；而当孩子成了成人，我们又把他们当成孩子。我在面对自己孩子的时候，没有对他有过多少发自内心的赞美和启发（我做编辑有一个体验：好诗人是夸出来的，同理，好孩子也应该是夸出来的）。而是更多地要求他怎样怎样，束缚和限制了孩子的思路和想象力。对孩子太苛刻，要求太严，束缚太多，按照自己的思维去塑造孩子，这对他性格的形成肯定有不好的影响。好在孩子自己后来把握得还不错。这也使我明白了，正确对待孩子的艺术是真正的艺术，是需要天才和智慧的艺术。而我们成为大人之后，最可怕的便是失去了孩子所有纯真的快乐。"那天我想对孩子们说一些心里话，整整说了一上午。

有朋友也曾经命题，约我写一篇随笔，内容为"我最喜欢读的十本书"。我不知道为什么一定要写十本，我喜欢的或者说敬畏的著作数不胜数，从线装的、精装的到简装的，从薄的到厚的，古的今的中的外的……平日里不大想，偶尔脑子里一过就有一大串书名，哪个我也不愿放弃。这里面甚至有我儿时读过的连环画和小学课本。我见到过一些学者朋友回答这类问题，大多列举的是那些吓人的名人名著，我最想列出来的反而就是小时候读过的连环画和小学课本，可我也很虚荣的，怕把这些都列出来，人家会说我"浅薄"。

那就起码说《时间简史》《尤里西斯》什么的，可说实话，这些著作我真的想看懂，真的想读明白大家都在赞美的这些著作怎么就那么顶级的好，但我也真的翻了几次又放下了几次，至今没能看完。这也许更加验证了自己的"浅薄"。可能我在读这些著作时大脑在一个阅读的盲区里，因此我只能坦率地说：我没能读进去。我的意思是说：书真的无所谓大小，我从许多薄薄的小册子甚至是连环画里获得过诗意，读了被许多人津津乐道的大部头著作反而没有什么感觉。读不懂就不读，别为难自己，找机会再读。还有人问我对我影响最大的一本书是什么，我的回答是除了一年级的语文课文之外，就是《现代汉语词典》，我要说实话，这部书我买得最多用得最多，办公室、书房、卧室里都有。有用的书才是最好的书。

我不到十岁的时候开始看小说和文学刊物，那是我从父亲放在床下面的一个书箱子里偷着翻出来看的。父亲年轻的时候是个文学爱好者，发表过小说，买了不少当时出版的经典小说，最初我拿到的是苏联作家柳·科斯莫杰米扬斯卡娅的《卓娅和舒拉的故事》、伏尼契的《牛虻》以及那部几乎人人都知道的《钢铁是怎样炼成的》，然后是《红岩》《林海雪原》《青春之歌》《红旗谱》《三家巷》《晋阳秋》等这些大家现在很容易读到的著作。有一个细节我一直忘不了的：看到里面写爱情的文字，一定要多看几眼，幸亏，这样的文字在这些作品中是有限的。父亲的书箱里还有20世纪五六十年代的《人民文学》，那个年代的《人民文学》质量很高，尤其是它的小说，几乎每一期的头条小说都是精品。坦率地说，那个时代被人称为"政治时代"，而且任何时期的作品都摆脱不了当时的背景，但我觉得我读过的那些小说还是闪烁着人性的光辉。记得当时我读了赵树理的《卖烟叶》、胡万春的《年代》、任斌武的《开顶风船的角色》、可华的《鱼店里的喜剧》等等。由于那时候的大环境，父亲是很限制我读书的，直到我十岁左右，一个偶然的机会他再也不完全把我当成孩子，从那以后，他就再也不干预我读书了。

还有一些书是图书馆的一个阿姨从书库里偷偷取出来给我看的，而且有几本是繁体字、竖排本，像《保卫延安》《西游记》等，很多字我不认识，是按照故事大意顺着读下来的，这倒有一个好处，使我大致学会了繁体字。有一天下午我到图书馆去还书，阿姨给我拿出来郭小川的《将军三部曲》和闻捷的《复仇的火焰》，那是我早就听说但没有机会读到的两部叙事诗，这让我兴奋异常。看过之后，一直舍不得还给阿姨，幸好那时这类的书籍也不允许再向外借阅了，阿姨后来也没有再提起过，就一直在我这里放着。除了小说和诗歌，当时阿姨还给过我一本郭沫若的《甲申三百年祭》。有一次我在书店柜台的下边看到一套落满了灰尘的《各国概况》，那套书很厚，记得是人民出版社出版的，定价好像是两元钱，当时这对于一个孩子说来已经是一笔"巨款"了，但我还是买了下来。那本书印有各国的国旗，有各个国家政治、经济、军事、物产、地理等基本概况，让我第一次知道了世界如此之阔大、如此之丰富、如此之美好。买这些书的时候我未必看得懂，却反反复复看了好多遍，现在想来，后来我的内心能够宽一些，应该是跟小时候读了《各国概况》这一类的书有直接关系。而且我一直觉得季米特洛夫的演说用词有一种犀利、刚性的精彩，当时还有一种孩子气的肤浅感觉：拥有这样的书显得很有"学问"，所以一直很珍惜，包上书皮放在书包里好好保存着，就是觉得那些高深的东西读起来很有些分量。那几本书和我从不同渠道得到的其他一些书我一直带在身边，后来我参军，那些书就散失了。所以朋友问我："读什么样的书能记住?"我对他说："儿时和年轻时读过的书。"

20 世纪 70 年代中期，当时我还在部队，借调到《河北文学》协助工作。那时的社会氛围还很紧张，作家和诗人依然在"紧跟形势"中写作，刊物也依然贯彻着"为政治服务"的方针。但由于当时一些外国文学名著以白皮书的形式在小范围内部印行，使得这批"供批判用"的作品在一部分年轻人中广泛传播，我记忆最深的，是那部《多雪的冬天》。1975 年 11 月，当时的《河北文学》诗歌组的编辑、我的兄长张从海神秘地对我说："有本书，看不看？"我说："当然看。"他谨慎地从抽屉里拿出一本白皮书："今天看完，明天我去还给人家。"他给我的，就是那本《多雪的冬天》。我整整一晚上没有睡觉，带着新奇和贪婪躺在被窝里看《多雪的冬天》，那种感受，现在年轻的读者无论如何不会理解。那是苏联作家伊凡·沙米亚金的长篇小说，主人公安东纽克是位苏联将领，曾身居要职，因为坚持自己的主张而失宠，被迫退休。退休后，他常常独自一人坐在卫国战争纪念碑经年不灭的火苗前，不为什么，只是沉默不语地坐在那里。然而即使他独自坐在卫国战争纪念碑前，值勤民警还是会来告诉他："不能在这里这么久……"也有时，他独自一人躺在大片向日葵地里，仰望蓝天，野蜂飞舞……但毕竟他退休了，能够看到当时苏联的底层社会真实情况，因此更多的阴郁也就经常伴随着他。《多雪的冬天》里有一句打动人的话，好像是说"人的初恋是永远不会忘记的"——这对于我这个刚刚在部队经历过情感的年轻人来说更是如此。

说实在的，那一夜的激动我直到现在依然能够回忆起来，我没有想到苏联除了我读过的那些小说，还有《多雪的冬天》这样深刻开掘现实的作品。第二天还书的时候，从海和我谈起了他在一些内部资料上看到的有关"解冻文学"的介绍。自从那时候，我开始了解了20世纪50年代苏联的"解冻文学"，并读到了爱伦堡的中篇小说《解冻》。在这之前，那个时代的苏联文坛大都是歌颂文学，宣扬"无冲突论"，造成了公式化、概念化、粉饰生活、回避矛盾的状况，并且粗暴批判一些触及现实的作家作品。斯大林逝世后，苏联第二次作代会召开，部分纠正了"左"的偏向，作家们开始大胆地表现生活矛盾和冲突以及现实中的黑暗面。苏联国内文艺界赞扬《解冻》"给一个重大题材打开了大门"。以《解冻》的发表为标志，被称为"解冻文学"时期的作品从此源源不断地出现，如：柯涅楚克的剧本《翅膀》、佐林的剧本《客人》、帕斯捷尔纳克的《日瓦戈医生》、叶甫图申科的诗歌《斯大林的继承者们》等。《解冻》一书结尾有"你看，到解冻的时节了"的句子，因此评论界认为个人崇拜时代已经结束，将这股新的文学潮流称作"解冻文学"。爱伦堡说："我将叙述各自独立的人物，各个不相同的年代，间杂以某些未能淡忘的旧日的思虑。看来，这将是一本写自己多于写时代的书。当然，我将谈到许多我认识的人——政治活动家、作家、艺术家、幻想家、冒险家；他们之中的某些人的名字是人们所共知的，但我不是不偏不倚的编年史的编者，所以这只是做肖像画的尝试。而且那些事件，不论是大事还是小事，我也试着不去按照历史的顺序叙述，而是结合着我的渺小的一生，结合着我今天的思想来叙述。"

由于苏联人道主义思想传统比中国的要久远、丰厚得多，而且西方思潮对它的影响从没有完全地切断过，因此这些思潮的存在成为他们之间认知互通的纽带。当然也出现了一种样式别致的抒情小说，它们的抒情意味主要通过对大自然的描写传达，实际上是人道主义文学的延伸。因为人本身也是大自然的一个组成部分，大自然的美能激起人内心最美好的感情。弱化情节、表现大自然的美是这一类小说的共同特征。当时读到过一篇忘记了名字的苏联短篇小说，叙述的是在广袤而荒凉的西伯利亚，一个女孩手中拿着野花，跳上火车守车与和善的车长聊天的情形，那个短篇极其抒情，以至我的脑海里总是一直有着那个姑娘的影子。之后，我又到省委图书室借到了尼古拉耶娃的《拖拉机站站长和总农艺师》、肖洛霍夫的《一个人的遭遇》等苏联小说，也是在那个时期，我又读到了屠格涅夫、契诃夫、巴尔扎克、杰克·伦敦的现实主义作品，还意外读到了茨威格的《一个陌生女人的来信》《一个女人一生的 24 小时》（我一直说，茨威格的作品让我感受到了人世间真正的爱与不爱，作品里的主人公是我阅读中最能刺痛我的女性。后来，认同茨威格的人很多），等等。坦率地说，由于那个晚上和之后那个阶段的阅读，我改变并重新形成了自己的艺术观念，使得我的内心产生了很深的批判现实主义的情结。

还有一部书叫作《军队的女儿》，记得它是中国青年出版社出版的，邓普著。其他人可能不太在意这部著作，但对我很重要，我看了很多遍，由于它语言的抒情性，我甚至在那部书精彩的语言上画满了红线，那种纯美的感觉在当时的小说中很罕见。我受这部小说的影响很深，甚至我后来参军的念头也部分源于其中。这部著作"名头"并不是特别大，但是我十岁左右印象最深的一部书，比以上提到的那些名著印象还要深，这是我长大了以后才感觉到的。我的父亲当时一直不赞成我看上面提到的这些书籍，但看到我看《军队的女儿》他没有说话，他说该看那样的书，那是一种纯美的东西。这也使我懂得，搞文字一定要"在意"，一定不能轻率，因为你自己在不经意间，便不知道会怎样影响着一个单纯的心灵，甚至会影响他的一生。在部队的时候，每个星期天，最早要去的就是新华书店。有时候从张家口回石家庄，要坐整整一夜的绿皮火车，我就在过道里站一路，手里拿了一本书，一夜把它看完。在部队的时候是要按时熄灯睡觉的，就拿一支小手电在被窝里看书。

1978年底，我从部队退伍到省文联，见到的许多人竟然是过去只能在书上见到的名字，比如田间、梁斌等，而且还和那些大师成为了忘年交，那是我当时作为一个二十多岁的大孩子怎么也想不到的。那是给一个孩子留下美好记忆和想象并且塑造了他的理想的年代，阅读给了他幸福感和想象力。那时的情绪特别受读书的影响，比如读了杜鹏程的《在和平的日子里》，我就在很长一段时间幻想着长大之后一定做一个桥梁工地的技术员；读了陈登科的《风雷》，我又对去做一个偏远地方的县委书记充满了憧憬；读了《军队的女儿》，我就想以后一定要到部队去。后来果然去了，而且在部队有了那一段纯真而短暂的初恋。那是个天真的时代，稚气而单纯。我觉得我们这一代的人作为一个孩子的时候就很有主见，很沉厚，自己内心很有底气，坚韧、倔强而执着，这与读了那些较为阳性的文学作品有关，起码我自己感觉是这样。前些年我偶染眼疾在医院住院，医生不允许看书报，不允许看电视，不允许看手机，把所有带有文字的印刷品全都收走了。那几天我百无聊赖，只好偷偷看牙膏盒上的说明，又重新感受到了没有阅读的残酷。到了这个年龄，不说阅读有什么大的意义了，读书实实在在成为了一种心灵依托。

我到省文联工作之后，自己挣工资了，那个时期图书出版也逐渐开放，可以买到一些名著了，书店里的书渐渐多了起来。应该说，这个时期对我影响最大的是三套书："20 世纪外国文学丛书""外国文学名著丛书""汉译世界学术名著丛书"。这三套书给了我非常大的启发甚至是震撼，应该是我读书的一个新的阶段，也是我系统读书的阶段。我创作内容上的批判现实主义、形式上的浪漫主义和现代主义、意识流的文学观念，也大致是在那个时期形成的。那时最大的乐趣就是到新华书店去，甚至到另外一个城市，一定要先去它的新华书店，现在重新翻我那一段的藏书，有很多盖着各个地方新华书店的章，像镇江、九江、上海、杭州、绍兴、宜兴、苏州、南京等。新华书店，这是留下我最多记忆的地方。曾经有很长一段时间，我的大部分休息时间都是在那里度过的。几乎每个星期天的早晨，我都早早站在中山路新华书店的门口等着它开门。几十年过去了，现在一想起来仍然觉得，那个时代那种阳光的纯美的心态真的挺好。

当然，还有在那个时期偷偷读的诗歌。记得我说过：有时，被埋没了的历史便不再是历史；有时，被埋没了的历史才是历史！说到诗人，中国杰出的诗人远远不仅仅是我们熟知的那些名字，但一些很早就意识到"没有独创性就没有诗"的杰出诗人差一点儿永远被尘封。绿原、阿垅、鲁黎、彭燕郊、冀汸、曾卓、牛汉、罗洛……他们是 20 世纪 40 年代最讲究艺术品格的"先锋诗人"。我记住了绿原曾经说过的一句话："我们曾经为诗而受难，然而我们无罪！"对于许多比我大一些的人来说，那个时代是灰色的，但我一直觉得那是一个诗意的、童稚的、值得眷恋的年代，我不知道别人怎样理解，起码对于一个内心没有压力的孩子是这样。我的性格、性情、观念都形成于那个时期，那个时期和那些偷偷阅读的文学作品给了我并不深厚却相对扎实的文学、文字以及做人的积淀和积累，也使我养成了经常读几本书的习惯。

又想起了 2009 年在图书馆与孩子们关于读书的对话，提出这些问题的是一些十岁左右的孩子，和我刚开始读书时的年龄差不多，那是我跟他们座谈读书之后他们随意的发问。在孩子们面前我不敢多说话，恐怕哪句话说错了或者有失偏颇而影响他们以后的思路，他们提了很多问题，大部分回答我忘记了，但以下的话我记了下来：

1. 您最不喜欢什么样的书？

答：说假话和说废话的书。我曾经读了不少这样的书，不但没用而且害人。

2. 是先读必须读的书还是先读课外书？

答：当然是先读必须读的书。我知道你指

的是你们的课本。一定要认真完成学业，原因很简单，就是为了考上一所好的大学，这样可以使得你今后的生活相对好一些。我说得很实际，因为生活本身是很实际的，我不能对你们说太过于浪漫和理想主义的话。

3. 您读过坏书吗？

答：读过。直到现在我也不敢说我读的都是好书。但长大了你们就能明白，其实世界上更多的不是好与坏、对与错，而是介于这两者之间的东西。年龄越大，就会知道绝对的"好"与"坏"其实都很少。还是回答读书吧，比如我读过一些公认的"坏书"和禁书，当然它们里面的观点和描写可能并不足取，但还起码有一定历史价值和研究价值。有许多属于这一类的书。不过我强调一点：诲淫诲盗的不健康的书在你们这个阶段不要读，因为毕竟还不成熟，过滤能力、理解能力都受到限制。

4. 您为什么说受书所益也受书所累？

答：我刚才是说走了嘴，不该对同学们说这句话，现在孩子们读的书越多越好。受书所益不必解释，受书所累我指的是有时候书会限制你的想象力，会使你唯书而是，这不好。书也是可以怀疑的，比如我就一直不相信达尔文的进化论，我相信人类一定有其他"起源"，当然我不是研究人类学的，仅仅是凭我的感觉。我的意思是说，即使读了书，也不要因此淹没和掩饰自己的观点。

5. 我的家长总给我读我不喜欢的书，怎么办？

答：首先告诉他们你喜欢读什么样的书，请他们找给你看。再一点，也许他们有自己的道理，他们给你的书你试着看一下，也许就有兴趣了，也许你会受用一生。但我绝对不赞同家长给孩子买很多教辅书，因为我深知其编纂的粗糙。

6. 您刚才提到小的时候父亲不愿意您看小说，他从什么时候不再干涉您读书的？

答：记得在我上初中的时候，那时我十二三岁。有一次春节回我的老家深县（那时为了省钱，我和父亲是骑着自行车回家的，一百多里路），我滔滔不绝地对他谈了一路的文学，以及我读了一些作品的感受，他一直都在听着。等我参加工作之后有一次聊天他才告诉我，从那时起，他知道再也挡不住我对文学的爱好和痴迷了，他说他没有想到我看了那么多的文学书籍并且有了那么深的理解。从那时起，他再也不阻止我阅读文学作品了。

7. 为什么您的家长当时愿意让您读纯美的书？

答：我前面说过，我的父亲当时一直不赞成我读文学书籍，但看到我读《军队的女儿》他没有说话，很多年后他对我说当时他觉得我应该看那样的书，那是一种纯美和纯粹。我想，文学的功能之一是给人美感，给人对生活的希望，这本书对于我后来创作和生活的影响很大。我曾经说："即使面对着沉郁和压抑时，我们依然固执地歌唱美好。"这显然是儿时读书对我的影响。

8. 您希望您的孩子读了书会怎么样？

答：我希望他起码懂得八个字：学识、教养、真诚、快乐。前面两点是靠读书得来的，后两点是性格。这对于人生的态度和生活状态有好处。

9. 什么样的书最应该读？

答：如果按照我的理解，除了儿时的课本，没有什么书是必须读的。应该读的书也就是你最有兴趣读的书。每个人的生活、经历、职业、爱好不同，选择的读物也肯定有差异，读自己不想读的书是一件很痛苦的事情。自己喜欢的书最应该读。当然，我还是说，无论从事什么职业，都要尽可能多读几部文学名著，它能够使你的一生有情趣、有色彩。

10. 您能够给我们开一个必读的书目吗？

答：这是个看似简单却很难回答的问题，如同"该吃什么水果，什么水果最有营养"一样。我刚才说了每个人的兴趣、境遇、经历、关注点、兴奋点不同，读的书自然也不同。许多学者很早就列举过不同版本的"必读书目"，如梁启超先生的"最低限度之必读书目"、胡适之先生的"一个最低限度的国学书目"，等等。近年来各类"必读书目"层出不穷，甚至有若干版本的"大学生必读书目""中学生必读书目""小学生必读书目"，各有各的道理。我不能再列了。从小到大我都很崇拜老师，这个问题请你们的老师回答最好，因为他们知道你的性格和个性，他们会告诉你什么样的书最适合你。

11. 有的课我不喜欢，怎么办？

答：我小的时候就不喜欢数学和物理，都是勉强及格，而我的文科在全校成绩每次都是排在前列，我的作文一直是范文。我的班主任对我说："不喜欢的书少看，去写作文。"我一直很感激我的两位班主任，一位是我小学时代的班主任杨光达，他使我打下了很坚实的文字、汉语拼音基础。另外一位是说刚才那番话的我中学班主任甄义用，他使我有了很宽松的读书环境和选择读书的可能。但是我还是以为，现在的环境和我那时是不同的，还是要较为均衡地完成所有的学业，为以后的大学生涯打下基础，这对于你们今后具体的生活很关键。

12. 您印象最深刻的一本书是什么？

答：我刚才说到了，是我一年级时拿到的第一本语文课本和《现代汉语词典》。

13. 您小时候的理想就是当作家吗？

答：不是。我最初的理想是当火车司机（孩子们一片"哇"声）。我说过，小的时候我经常到铁路边上去玩，那时看到火车司机把炉膛打开，把一锹煤投进炉膛，很潇洒也很光彩，通红的火让我觉得很灿烂，于是我一直想当一名火车司机。

14. 小时候好还是长大了好？

答：我现在肯定回答小时候好，因为我长大了，而我小时候一直是盼着长大的，现在不想长大了。所以我说，也别总是听大人说什么，很多时候他们言不由衷。

这些话我对他们说了有十几年了，现在想，那些孩子现在也已经成人，我所欣慰的是，如果他们还能想起我说的这些话，他们起码会认为我没有对他们说假话。这可能会对他们产生一种无形的涵盖和影响，从而形成一种理念，成为一种恬淡从容的阅读习惯，而有些习惯一旦形成了，就会转化为性格，成为性格之后，再改也就难了。

2019 年 4 月 20 日整理

早年的月光

我对中秋最初的记忆源于我的姥姥，我想很多人熟记的一些故事都是源于姥姥或者奶奶。20世纪60年代，由于当时的历史原因，我和妹妹从县城被"下放"到五里地之外的姥姥家，那时我六七岁。姥姥属于他们那一代人中的智者，她没上过学，但自己从《康熙字典》上学字，读了关汉卿、王实甫，读了《封神演义》《三国演义》《西游记》。晚上，姥姥把鸡窝用砖头堵上，把房门闩好，就在煤油灯下给我讲一些民间传说和故事。其中有嫦娥奔月、孔雀东南飞、天女散花和梁祝化蝶，还有更多的民间故事，小三分家什么的。我前一段时间写了一篇随笔，题目叫《绝美的经典》，副标题是"中国四大美丽传说"。当然中国民间还有许多凄美的故事，像精卫填海、牛郎织女的故事等等，但姥姥讲的是我认为的四大美丽传说，因为我小时候对这些故事记忆太深了。

中秋节又称"月夕""仲秋节""八月节""拜月节""团圆节"，因其恰值三秋之半故得此名。此时月亮最大最圆最亮。从古至今人们都有中秋之夜饮宴赏月的习俗，以寓圆满、吉庆之意。史料记载：中秋起源于上古时代，普及于汉代，定型于唐朝初年，盛行于宋朝以后，与春节、清明节、端午节并称为中国四大传统节日。中秋节源自对天象的崇拜，由秋夕祭月演变而来，自古便有赏月、吃月饼、看花灯、赏桂花等民俗。《周礼》记载，周代已有"中秋夜迎寒""秋分夕月（拜月）"的活动。农历八月中旬，又是秋粮收获之际，人们为了答谢神祇的护佑而举行一系列仪式和庆祝活动，称为"秋报"。中秋时节，气温已凉未寒，天高气爽，月朗中天，正是观赏月亮的最佳时令。因此，后来祭月的成分便逐渐为赏月所替代，祭祀的色彩逐渐褪去，而这一节庆活动却延续下来，并被赋予了新的含义。中秋赏月风俗在唐代的长安一带极盛，许多诗人的名篇中都有咏月的诗句。北宋时期正式定阴历八月十五为"中秋节"。文学作品中出现了"小饼如嚼月，中有酥和饴"的节令食品。明清两朝的赏月活动，各家都要设"月光位"，在月出方向"向月供而拜"。陆启泓《北京岁华记》载："中秋夜，人家各置月宫符象，符上兔如人立；陈瓜果于庭，饼面绘月宫蟾兔；男女肃拜烧香，旦而焚之。"《帝京景物略》中也说："八月十五祭月，其饼必圆，分瓜必牙错，瓣刻如莲花。……其有妇归宁者，是日必返夫家，曰团圆节也。"中国有许多节日，这其中，尤以春节和中秋为最。春节和中秋有一个共同的特征：团圆。

阖家团圆，这是中国人最在意的字眼，几乎凝聚了国人所有美好的情感：团聚、温暖、良善、博爱等等。中国人太讲究团圆了，几乎是所有期待中最执着的那一个。

姥姥对我说，中秋还是中国三大灯节之一。早年中秋前夕，村子里晚上便挂出灯笼，有的村子还搭棚唱戏，耍龙灯，舞狮子，很是热闹。村庄里还会把写着吉祥字眼或画着画的布旗在街上横着悬起，用绳串着，每隔三四家悬一挂，叫作"吊挂"。"吊挂"是用布做的，长约两尺五寸，宽一尺三寸，四周镶着各色的圆边。每一挂有的四面旗，有的六面旗，至多一连八个，挂起来随风飘荡，上下翻飞，好似古时安营扎寨的旗号一样。有的是画，有的一面是字一面是画。上面的字多是古诗，画则有山水，有鸟兽，有戏剧人物，多是彩色的。并且每一个旗上面都题着一句诗，大致都是从《龙文鞭影》《千家诗》和唐诗中摘录下来的。还有的在每一个旗上按画意写上一个字，四个旗就连成一句祝福话或成语。有趣的是，保管"吊挂"的人多半不认识字，有时把旗的位置胡乱挂起，词句颠倒，念起来也就不像一句话，让人发笑。街道越直，"吊挂"也越多，远看迎风飘荡，一层一层的，很是好看。到了新年的正月和八月十五中秋前后，村里管事的人就把它们挂起来，点缀过节的气氛。这种"吊挂"只挂在白天，夜晚换上五彩灯笼，灯影闪烁，很是壮观。

姥姥说，早些年中秋节都是连过三天，饭食可讲究了。八月十四是中秋节的第一天，这一天预备馒头、月饼、菜、肉等。很多家都擀面条、轧饸饹，很是忙碌。八月十五日是中秋节的正日子，农家吃的饭食比十四还要讲究一些，差不多是早饭吃米粥、馒头，午饭吃熬菜、烙饼或者面条，面条有炸酱面、麻酱面或打卤面。吃完了午饭以后，有时还去走亲戚，一个篮子里头盛着馒头十个，点心半斤，月饼半斤，梨两个，葡萄一挂，这是亲戚之间的一种情分。到了晚上，银月似水，家人同坐在院子里赏月，月亮升到当空的时候，在院里的树下对着月亮放一张桌子，上头摆一个香炉和几个盘子，盘子里摆着月饼、点心、葡萄、梨等供品，并且焚香燃灯，向月跪拜，叫作"供月"，拜完以后所供的食物就给孩子们分着吃了。八月十六日是中秋节的末一天，一直有十五的月亮十六圆的说法，那一天各家的午饭大致都吃饺子，也喝一点儿自酿的酒，中秋才算过完。我问姥姥："那时候不是很穷吗？"姥姥说："有句老话叫'穷讲究'，越穷越讲究，图个吉利，盼着来年更好一些，所以平日里吃喝凑合，过节可不能凑合。全家一年的积攒，都花在几个节日里了。"

姥姥一直遵循着这些风俗，到了中秋节的晚上，便把小炕桌搬到院子里的枣树下面，平时小炕桌姥姥是不许动的。一个青花盘子里放几块月饼，还有一盘梨和刚从树上摘下来的酥枣。姥姥家那棵枣树结的枣特别甜，打枣的时候要用一个大床单子接着，不然一落地就酥碎了，所以叫酥枣。姥姥把妈妈、妗子、妹妹叫到身边，说是祭月神，我和舅舅等男性不能看着，要躲进屋里，祭了月神才能出来。姥姥对我说："男不拜月，女不祭灶。"男不拜月可能月为阴，阳不拜阴，女不祭灶我至今不知道为什么。这让我感慨，最美的节日都是最初流传于民间的美好传说，当时我隐隐约约感受到了其中的诗意，毕竟这些传说中，寄托着人们对爱、情感等的向往与梦想。中秋的传说想象力神奇，故事凄婉，人物善恶分明，情境饱含诗意，代入感非常强烈，以至于让人当成是生活中的真实，这样的作品，实在是浪漫主义艺术的极致。有一年中秋那天恰好是立秋，姥姥说，立秋的时候，很多树的叶子都会翻转一下，叶面朝上的会翻转朝下，然后又马上转回去，仍然恢复到叶面朝上的位置。这个过程很快很快，也就一眨眼的工夫，不细看是感觉不到的。如果定睛看着，就能看到树叶的翻转，自此之后，天气逐渐转凉，秋高气爽的秋天也就真的来了。记得到了立秋的时辰，我和小伙伴儿们便到树林里等着，眼睛一眨不眨，仔细盯着树叶，看它怎么翻转。可是看了好几年，有的小伙伴儿说看到了，有的小伙伴儿说没有看到。中秋季节是一年中草木、瓜果最为丰盛的季节，我性情中爱吃土味的东西，便去地里挖野菜，有马齿苋、灰灰菜等。马齿苋是北方最常见的野菜，它的生命力极强，有水没水都能生长，垄沟边、路两旁到处都能见到它的影子，姥姥和妈妈总是用马齿苋蒸包子吃。还有灰灰菜，这种野菜也很常见，掐下幼嫩的茎和叶，用开水焯一下，滤掉苦味，放上盐、醋和几滴香油，有时还倒上一点儿花椒油凉拌着吃。那是中午饭时我最爱吃的菜，有原野的味道，觉得很爽口。也许是那个时候没有多少菜吃，只要有味道就觉得好吃，觉得那种苦涩的味道，好像跟当年的某种感觉非常契合。

说到中秋，就一定会想到嫦娥奔月。嫦娥奔月是上古时代神话传说故事，这个美丽、凄寒的传说有好几个版本：大致是远古的时候，天上出现了十个太阳，使得大地冒烟，海水枯干，百姓眼看无法再生活下去。后羿登上昆仑山顶，运足神力，拉开神弓，射下九个多余的太阳。后羿立下盖世神功，受到百姓的尊敬和爱戴，不少志士慕名前来投师学艺。奸诈刁钻、心术不正的蓬蒙也混了进来。后羿娶了个美丽善良的妻子，名叫嫦娥。后羿除传艺狩猎外，终日和妻子在一起，人们都羡慕这对郎才女貌的恩爱夫妻。一天，后羿到昆仑山访友求道，巧遇由此经过的王母娘娘，便向王母求得一包不死药。据说，服下此药，能即刻升天成仙。然而，后羿舍不得撇下妻子，只好暂时把不死药交给嫦娥珍藏。嫦娥将药藏进梳妆台的百宝匣里，不料被蓬蒙看到。三天后，后羿率众徒外出狩猎，待后羿走后，蓬蒙手持宝剑闯入内宅后院，威逼嫦娥交出不死药。危急之时她当机立断，转身打开百宝匣，拿出不死药一口吞了下去。嫦娥吞下药，身子立刻飘离地面、冲出窗口，向天上飞去。由于嫦娥牵挂着丈夫，便飞落到离人间最近的月亮上成了仙。傍晚，后羿回到家，邻居们告诉了白天发生的事。悲恸欲绝的后羿仰望着夜空呼唤爱妻的名字。这时他惊奇地发现，今天的月亮格外皎洁明亮，而且有个晃动的身影酷似嫦娥。

这些年我一直称中秋节为"月亮节"，中秋节给朋友发信息时他们回复说："你发来信息之后，我也把这个节日叫作月亮节了。"对中秋节的解读还有一种说法是：嫦娥是帝喾的女儿，也称姮娥，美貌非凡，是后羿的妻子。相传后羿是尧帝手下的神射手。《淮南子·览冥训》中说，后羿从西王母处请来不死之药，嫦娥偷吃了灵药成仙，身不由主飘飘然地飞往月宫，在那荒芜的月宫之中度着无边的寂寞岁月。唐代诗人李商隐的《嫦娥》诗表现了她的寂寞和悔恨：

云母屏风烛影深，
长河渐落晓星沉。
嫦娥应悔偷灵药，
碧海青天夜夜心。

这些传说使得中秋节有了一个很生动很具体的解读，也使得人们对月亮上的嫦娥有了一种近乎真实的想象。但姥姥、奶奶们讲述的一定是最贴近日常、最贴近善恶的那个版本。说是嫦娥与几个要好的女伴在村边小河旁洗衣，无所事事的河神闲逛到此，他见到嫦娥的沉鱼落雁之容，顿时惊愕，便变作一个英俊的小伙儿来与嫦娥搭话。嫦娥见他不怀好意急忙躲开，可是河伯露出了狰狞的面目，强抢嫦娥入水。后羿恰好赶到，气得怒发冲冠。他拈弓搭箭，射瞎了河伯的一只眼睛。后来，一位大仙给了后羿一丸仙药，告诉他河伯报仇心切，他将要面临一场大祸，如若吃了这丸药，便可摆脱人间的磨难和烦恼升入月宫中，但要能耐住孤独寂寞的煎熬，嫦娥听到非常痛苦，她心中明白，河伯对于丈夫的威胁源于自己。于是嫦娥找出仙药，吞了下去，嫦娥只觉得心中恍惚，身子突然变轻，接着双脚竟然离地，径直往天上飞去，飞进了月亮中那寂寞、冷清的广寒宫，做了月中仙女。然而，这里没有亲人，没有欢笑，只有一只惹人怜爱的玉兔相偎依，只有那总在砍着桂树却总也砍不倒的吴刚相陪伴。

姥姥一边讲一边发挥穿插着自己的想象，我知道那其中渗透着她对理想生活的盼望。当然，有多少个姥姥和奶奶，就有多少个关于中秋的故事版本，无论这些故事有什么差异，中秋的季节总是让人开阔和舒朗。想起小时候学的课文，那种境界多好："秋天来了，天气凉了，一群大雁往南飞，一会儿排成个人字，一会儿排成个一字。"我小时候经常能看到这个情境，那时候每到中秋，就能见到那些大雁一群远了一群又近，一群北了一群又南。一群孩子坐在秋秸垛上，数着天上的大雁，现在想起来，那情景很有几分诗意。那时每个人数的数字都不一样，于是便争执起来，商量好了再数，可那群大雁已经飞远了。紧接着又传来大雁自远至近的鸣叫，我们知道又来了一群，于是便接着数，这成为我们在中秋前后乐此不疲的游戏。

那时候没钱买月饼，但中秋还是要过。妈妈从邻居家借来月饼模子，自己和面做馅烤月饼。月饼模子是枣木的，长期使用油脂渗透到了木头里，所以红得发亮。做出来的月饼虽然不如买的好吃，但也很甜很香。有一年我给姥姥送去了几个妈妈做的月饼，三舅尝了尝，说"土腥子味"，姥姥不高兴了，说："土味好，什么味儿也没有土的味道香。"这句话我记了很多年。还有一年中秋前夕，在天津工作的大舅回家乡探亲，带回来一盒包装精美的铁皮盒月饼，大舅说是金丝玫瑰馅的，第一次吃这种馅的月饼，觉得那是世界上最好吃的东西，现在年年吃月饼，但怎么也吃不到那种香甜的味道了。我对姥姥："这个月饼太好吃了。"第二年姥姥还记着这个事，对妈妈说："给他大舅写封信，过节了，再给孩子寄二斤月饼来。"妈妈便按照大舅家的地址"天津市南开区二马路元善里"写了一封信，那封信还是我贴了八分钱的邮票放到邮筒里的。但不久信就被退了回来，说是"无此地址"。一直到大舅再次来信，才知道那个时期很多街道改了名，大舅家的地址改成了"天津市南开区二马路延生里"。这封信来回一退，中秋就过了，一直盼着的月饼也没有吃上。

中秋时，妈妈和姥姥也会给我不多的零花钱，我和小伙伴儿们就去买泥模。泥模是用一种很黏的土（我们称为胶泥）烧制的一种玩具，圆形，上面有各种人物图案，像秦书宝、陆文龙、杨令公、牛郎织女什么的，也有各种花卉和龙、鸡牛马等一些动物。烧制成型之后的泥模如砖红色，很坚硬，像瓷片一样。由于泥模圆圆的，形似月亮，所以中秋前后格外受孩子们的欢迎，集市上有专门卖泥模的老人。那时候我积攒了大概有四五十个泥模，是我们那群孩子里最多的，这也成为了我炫耀的资本。我离开姥姥家的时候，把它们整整齐齐放在了一个小木箱子里，但后来就再也没有见到过。还有一种玩具叫水哨儿，有瓷的，有陶的，也有胶泥烧制的，个头儿很小，都是一些小鸟的造型，往它的肚子里面灌上水之后吹出来的声音像各种鸟叫。中秋的时候，我和小伙伴儿们几乎嘴里都叼着一个水哨儿，跑到树林里一边游戏一边吹哨子，有的时候能以假乱真，连树上的鸟们也绕着我们飞来飞去。

还有一种玩具叫兔爷，这就跟中秋有了直接联系（小时候我们也叫它长耳兔儿）。兔爷是泥做的，兔首人身，彩绘，脸贴金泥，或坐或立，或捣杵或骑兽，竖着两只大耳朵。老舍先生在《四世同堂》中这样描写："脸蛋上没有胭脂，而只在小三瓣嘴上画了一条细线，红的，上了油；两个细长白耳朵上淡淡地描着点儿浅红；这样，小兔的脸上就带出一种英俊的样子，倒好像是兔儿中的黄天霸似的。它的上身穿着朱红的袍，从腰以下是翠绿的叶与粉红的花，每一个叶折与花瓣都精心地染上鲜明而匀调的彩色，使绿叶红花都闪闪欲动。"姥姥讲过，兔爷的形象来源于月宫的玉兔，早些年总闹瘟疫，嫦娥可怜受苦受难的百姓，就派玉兔下凡，手捧捣药槌和捣药罐，做了仙药给百姓治病。百姓们为了感谢嫦娥和玉兔，便按照玉兔的形象做了很多雕塑供奉起来。明清以后，月宫玉兔逐渐从月崇拜的附属物中分离出来，在祭月仪式中形成了独立的形象，并逐渐丰富。由于"男不祭月，女不祭灶"的风俗，兔爷一般是由家中的母亲祭祀，而小孩子经常在旁边模仿母亲祭祀的样子，兔爷就慢慢演变成为一种儿童玩具，并产生了很多形态各异的形象。

时至仲秋，那些黄的、粉的、紫色的花儿开过又谢过。秋日辽阔，愿今晚有月。十里咏月，千里亦咏月。多少咏月的诗句都已沉落，而依旧月明。明月如素，如此红尘，时光若烟，浮生若羽。水浅鱼读月，雨低燕衔云。这是我记忆中的中秋，也是我记忆中的诗意。其实对于国人说来，节日融入了许多复杂而深厚的情感。即使海角，即使天涯，河东河西，天南地北，这么多人在同一时间里拥有一种相同的情愫，实在是一件让人觉得感慨、感动的事情。唯在此时，一种盼望把人们维系在了一起，那个时候尘世间似乎只有温暖、温和与温情。

有一句话说，有的文字是想出来的，有的文字是仿出来的，有的文字是长出来的。中秋，从出生，那种情境和情感就在我们心里长，一直长了几十年，长到了我们变老，所以想起那个节日，就一定有温度一定有色彩，就一定会生长出美好的文字。是啊，每个中秋节，我们都在感受着阴晴圆缺，也感受着暑热寒凉，让人知道美好和良善是生活中最重要的部分。那时候尘世肯定有很多的舒朗，也肯定有很多的尘埃，但无论如何要爱，要好，要明澈，要皎洁——这是想象中的美好，也是宿命。明月之下，皆如秋水，红尘中，谁都会被遮蔽、被染尘，但你想这晚月如洗，草香叶浓，面前就依然是一个干干净净的清凉世界。每当这时候，便会想起前些年收到朋友们中秋节祝福时我的回复："浮云淡远，清风总有秋意；尘世喧嚣，浅月依旧纯明！"

2024 年 8 月 15 日

道若江河

——《诗神》改为《诗选刊》的前前后后

1998 年，《诗神》被划入"机构分设"之后的河北省作协的第二年，省作协酝酿将《诗神》改为《诗选刊》。当时的《诗神》是省文联、省作协一个稳定的、投入经费最少、订数较为平稳、在全国同类期刊中具有广泛影响力的刊物。

其实，改为《诗选刊》的主意是《诗神》编辑部最早提出的。1992 年，编辑部就在刊物中编辑了刊中刊《诗选刊》，发刊词中时任《诗神》副主编的我写道："编辑《诗选刊》，不是个新主意，但是个好主意。"而1998 年策划的《诗神》改刊，编辑部几乎一无所知，连期刊登记证也是由编辑部以外的人去办理的，开了一次"改刊座谈会"也没有编辑部组成人员参加，这造成了我和《诗神》编辑们强烈的心理反感。编辑们当时都很着急，他们找到我说："这么大的事情，你怎么一直没有个态度？"我说："不着急，该说话的时候，我不会不说，那不是我的性格。"这里面有两个问题，一个是省作协当时机构刚刚分设，互相之间还有个磨合问题。一般来讲，机构变动，因为对前任领导的工作习惯比较熟悉，对后来者会有些不适应。再一点，改刊的策划者利用了我的性格，他们知道如果我要坚持某一件事情，就一定会坚持到底，这样的结果势必影响我和当时省作协主要领导的关系，而且当时改刊的目的是能够"盈利"。确定改刊后，党组书记在办公室的楼道里遇到我，平时对改刊的事情他对我讳莫如深，但那天他突然问我："郁葱，《小说选刊》可以盈利，《小说月报》可以盈利，办《诗选刊》是不是也能盈利？"我对他说："阅读的对象是不一样的，小说类选刊有公众读者，无论是《诗神》还是《诗选刊》，读者群基本固定，都不会太缩小或者是扩大。"他接着问："如果办《诗选刊》，订数能不能达到二十万份？"我对他说："坦率地告诉你，全国有十几家公开发行的诗歌刊物，订数加在一起也未必有这么多。而且，文学刊物由于改刊而办成经典刊物的，几乎没有先例。品牌对于文学刊物至关重要，时间和历史塑造品牌，我不同意改刊。"

1998年8月12日，该发下一年的稿子了，由于1999年的刊物征订极其不确定，发稿也处于停滞状态，实在忍无可忍，我署上自己的名字给当时的河北省委副书记写了一封信（我在自己的名字上盖了一枚《诗神》编辑部的公章。当时我的想法是，这是编辑部的一件大事，但所有的后果我自己承担），请求他立即干预：

×× 书记：

最近，河北省作家协会"根据宣传部指示精神"酝酿刊物的"改革"，其中之一是把《诗神》改成《诗选刊》，目的是解决"经济问题"。《诗神》是一份创刊十五年的诗歌月刊，被誉为中国第三大诗刊，在全国文学界具有相当大的影响，是我们省的一份拳头刊物，曾被评为"华北地区优秀期刊"和连续四届"河北省十佳期刊"。省作家协会从酝酿到正式决定改刊，仅仅一个星期的时间，既没有做市场调查，也没有一套完整的改刊方案，连向国家新闻出版署申报时，一些核心问题，如：开本、定价、印张等，均没有最后方案，更不要说广泛征求编辑部和河北诗人们的意见了。这种运作方式是不严肃的。

在这之前，省作协党组曾与刊物有过两次交流，编辑部提出了关于充实改革《诗神》内容，改进刊物面貌的意见，如拟在一九九九年将《诗神》办成"杂志"式的月刊，增加信息量和反映诗坛总体风貌的文字，实行栏目主持人制，使诗的内容更贴近现实，直面人生，关注社会，走出诗歌狭小的圈子，改变目前部分青年诗人中存在的内倾化倾向，更加注重大作、力作等项措施。在经费投入上，我们提出，《诗神》这样承担着某种社会责任，承担着培养河北省作者义务的刊物，财政和作协党组应该在经济上给予必要的支持。我们拟订了发挥几方面积极性的方案，即：作协每年固定投入一部分（我们提出五万元左右），我们再向财政申请一部分，其余经费不足由编辑部同志们努力创收，筹集解决（《诗神》每年稿费十二万元，再加上刊物少量亏损和必要的办公经费，每年需要经费十六万元），以把我们省的这个名牌刊物保住、办好。否则，《诗神》垮掉，河北省诗歌队伍将成为一盘散沙，河北诗歌大省的现状将不复存在。面对这个要求，省作协的回答是：明年省作协没有钱，钱拿不出来。在这种情况下，一个改为《诗选刊》（月刊）的方案便拿了出来。

坦率地说，纯文学刊物目前普遍面临着经济困难，全国诗歌刊物并不太多，而且多是双月刊和季刊，《诗选刊》选发优秀作品的范围相当有限，起不到培养河北作者、推举河北诗人的作用。同时，《诗选刊》也不可能从根本上解决经费不足问题，它独立运作、自负盈亏的可能完全不存在，对于一个省级作协，我们办《诗选刊》的目的究竟是什么，我们认为决策者是盲目的。

现在邮局征订期已过，无论明年是办《诗神》还是办其他刊物，截止到现在，征订广告和明年的邮发合同均没有落实，明年必然失去《诗神》原有的订户，这样便几乎使刊物走上了绝路。最近，《诗神》收到数百个本省、外省的诗人打来的电话和来信，他们对《诗神》由一个全国著名的优秀期刊，突然面临这种困境表示惊讶，河北省作协的职责应该是办好刊物、培养作者，把一个经过几代人的努力才办成有如此广泛影响的刊物推到了如此境地，是让人不能接受的。

时间不等人，明年的征订和宣传广告工作刻不容缓，我们恳请省委宣传部和省委领导立即对《诗神》月刊今后的方向做出明确指示。编辑部同志们认为，在省委、省政府和省委宣传部的领导下，求得财政和社会的广泛支持，把我们省的这样一份在全国具有广泛影响的刊物办得更好，是完全可以做到的。

以上请示妥否，请批示。

《诗神》月刊编辑部主编

郁　葱

1998 年 8 月 12 日

　　实际上我对领导的态度是不抱太大期望的，坦率地说，我自以为了解一些机关的工作方式，我主观预测这封函件起码要半个月才有回复，但让我没有想到的是，省委领导同志第二天就做出了批示，并且打电话让省作协的机要秘书专门取了回来。这个批示是写给当时的省作协党组的，批示很明确，一是《诗神》的牌子不能丢；二是内涵要拓展、丰富；三是发行工作要照常抓紧。

　　批示是当天收到的，下午上班以后，省作协办公室打电话让我到党组书记在三楼的办公室，在场的还有尧山壁、刘小放等。党组书记脸色沉郁，给我一个文件夹说：“你看一看吧。”我认真看了省委领导同志的批示，很久，谁都没有说话。过了很长时间我问：“那下一步怎么办？”党组书记大声说：“还能怎么办？按领导的批示办，明年接着办《诗神》。”说完对尧山壁、刘小放说，“就这样吧。”等他们两个出去以后，我还是很冷静、很理智地对党组书记说：“对不起，给你添麻烦了。"于是才有了《诗神》月刊 1999 年第一期我撰写的长篇文章《诗站着，我们就站着》：

策划这篇文章的想法形成于收到"1999 报刊征订目录"之后。1998 年，数家文学刊物停刊或改刊，文学刊物的颓势自然波及诗歌刊物，加上一些浅薄传媒无聊无知的炒作，使得这股风成了所谓"势头"。从夏天开始，我们便陆续听到关于一些诗歌刊物停刊或改刊的传言。岁末，当我们翻看 1999 年报刊征订目录时，发现所有诗歌刊物的名字都出现其中，欣喜之余突然想到八个字：诗坛硬汉，全伙在此！

将这个题目和一些具体的思路告诉了编辑部一位非常聪明的编辑，第二天，这位年轻人交给了我一些文字，将一些观点穿插其中后形成了这篇"热点追踪"。不知道这个话题构成不构成"热点"，但昨天一位诗友造访市庄路 2 号，当他谈到这个话题时，这位脆弱、善良、执着而性格中又肯定带有浓重理想色彩的诗人还是眼热了几回。

真的，有时的确感觉很悲凉，很悲壮，孤独无助，不知道这是不是在某一个瞬间人们共同的感受。

　　送走这位诗友，我突然觉得，有一句话应该告诉他，于是，我把以下几个字传到了他的呼机上：只要诗站着，我们就站着！

　　但愿他在飒飒落叶的旅途中能有几分诗意。

　　…………

　　我们怕平庸掩盖了我们，我们便有无数次强迫自己读文学而为此调整心境的体验。有时连强迫都不管用，没心情读。进入文学使人们感到累了，这文学肯定出了一些毛病。面对这些年来的淫小说、酸散文、梦诗歌，你指望人们拿出怎样的兴趣去"关注"？直面惨淡的人生吧，首先超越高尚的轻浮，再超越鄙俗的咒骂、功利的附和，用文学广阔、深邃的空间改写双面的、可以更真实美好的生活。总感觉同许多像诗歌的东西一样，紧贴着人类，紧贴着人类意欲提升的天性，主动、被动地进入着那么多的悲喜跌宕，又别无选择地跟上了不回头的时间。

　　让我们感谢并珍惜这次侥幸吧。浮躁是自己造成的：文热了趋文，政热了趋政，商热了趋商，你不"认"你是干什么的，你的心态永远正常不了。文学这东西，不是谁强迫你背负的，你曾受益于她，你抱怨什么？同时，让我们放弃"物欲横流"之类简单、低能的诅咒，把同样具有精神空间的"庸众"从已沉没的"泰坦尼克"中更多地解救出来，用诗歌不可战胜的真切与生动置换掉更多的沦陷与浅薄，并借此擦拭自身可能的灰尘与锈迹。

让我们尊重自己的觉醒和已经开始的新颖劳动。比如，让我们为《诗刊》已有的两次"诗歌调查"真心喝彩，尽管在入选者名单上主持者有明显的"自恋"情结，尽管这行动因为手生露出了过浓的"吆喝"痕迹。毕竟在改变。

让我们在此约定，不要再谈"文学困境"之类的无效、无聊、无知话题。文学不再"过热"是事实，但别夸张为可供又一轮空谈的所谓"现象"。来点儿真格的，否则文学会不高兴。文学总是文学，哪怕文学期刊全停。

1999年像一盘磁带刚刚开头，想象中的好声音会多一些。因为一个理由无须推断：时光不停，人心不朽，诗意无限。

这篇文章很长，将近一万字。这一年，《诗神》恢复了平静，开始运作。但是，关于改刊的问题一直在改刊策划者心中萦绕，以至于当时一位党组成员一再表示：

"郁葱反映的是假情况。"直到现在再看那封信，我不知道其中的哪一个字是假！恰逢第二年，这位省委领导同志调离河北，改刊的事情又被启动，记得党组主要负责人在省作协全体会上按捺不住地说："今年不管遇到什么困难，《诗神》也要改刊。"与去年接到省委领导同志批示时的神情完全是两个样子，让人漠然。

1999 年，省作协决定，将《诗神》改为《诗选刊》。编辑部以外的人去办理了期刊登记证，而且在这之前，改刊的策划者已经做了许多实质性的准备。到省出版局办理有关《诗选刊》的手续，需要《诗神》的期刊登记证，一位我师长辈分的领导到我的办公室里索要，被我斥责为："兄长不像兄长，前辈不像前辈，领导不像领导，诗人不像诗人。"手续是另一位诗人去办理的，我曾经对我的同代人说过："我们这一代，千万不要像前一辈诗人那样相轻相残了，无论你们怎样认为，我总是一厢情愿地把自己看作你们的兄长。"但事实让我开始怀疑自己。在编辑《诗神》期间（我 1988 年到《诗神》任编辑部主任、副主编，当时的主编旭宇很开明，把日常的编辑事务基本都交给了我来完成），这些诗友大多还在基层，我尽自己所能给了他们我能提供的帮助，但结果让我茫然。我的一位多年的至交、老兄、诗人也到我的办公室对我说："郁葱，别干了，干了这么多年，我安排你去干点儿别的。先出去转转，只要不出国界，去哪里都行，我出差旅费。"我相信这位兄长是为了使我的内心状态有所调整，不要总是沉浸在压抑的状态中。（还是这位老兄，在我另一次试图离开《诗选刊》时拦住了我，我和他一直保持着相当好的个人和家庭关系。）后来我明白了，有些人看中了这块"地方"。我不是那个"圈子"中的人，我不苟且让他们失望。我一直记着黄永玉先生的一句话："狼才成群结队，狮子不用。"而当时，正是《诗神》开始按照我的思路"保持稳健的经典性和品位，向先锋倾斜"的关键转型期，编辑部的编辑也开始心神不宁，那一段时间，让我在一瞬间体味到了人生的所有悲伤、艰难、滑稽和重量。

但这些改刊策划者不了解的是，即使我已经放弃继续办《诗选刊》的想法了，在我的那位兄长跟我谈话的当天上午，党组书记已经早于他到过我的办公室，他问我："《诗选刊》以后怎么办？"我回答说："我是《诗神》的主编，不是《诗选刊》的主编，我不考虑《诗选刊》怎么办。"他说："你从现在开始考虑行不行？"后来那位兄长告诉我，铁凝明确告诉党组书记："办《诗神》还是办《诗选刊》你们定，但是办的人是郁葱。"我也知道，当时的党组书记在所有因素之中，他最终还是选择了人格。

我现在能回忆起来的是，1999 年 8 月，在撰写《诗神》停刊词《在精神的制高点——从〈诗神〉到〈诗选刊〉》时我内心的极度苦涩、矛盾和纠结。还有一件记忆深刻的事是：省委领导同志批示之后，我见到了我的一位挚友，同时也是我的"领导"，我问她："我是不是做得有些过分了？"她说："没有，我知道，你对诗爱得太深，你要不这样做，就不是郁葱了。"这篇文章中写道：

2000年1月起，《诗神》将改为《诗选刊》。

这些天来，在一种不事张扬、扎实稳健的氛围里，编辑部的两位编辑和通联、美编一起，以一以贯之的投入和热情使《诗选刊》的筹备工作有条不紊地进行。做宣传、发广告、跑邮发、办理各种想到和想不到的手续……虽然情绪不可名状，但在不经意的对视的瞬间，还是比平日多了几分相互之间的理解。

主编说："我最崇尚八个字：'学识、教养、真诚、快乐。'女士们先生们，快乐起来！"

于是，编辑部偶尔会传出一阵久违了的歌声。

8月初，征订启事几易其稿后向各兄弟报刊发出并刊登在《诗神》封底和封三，征订征稿启事如是说：被誉为中国诗坛支柱期刊之一的《诗神》月刊——一个中国诗坛神圣的著名品牌，将在 21 世纪曙色初露时改刊为《诗选刊》。

《诗选刊》将接受《诗神》的现代性、开放性、兼容性及其一切有价值的精神影响，用诗人全部的真诚、良知与自由继续书写《诗选刊》这部大诗。

《诗选刊》是唯一的。它是目前泱泱诗国中仅有的一份诗歌选刊，一册在手，阅尽诗坛。

《诗选刊》是权威的。它从中外所有华文报刊、图书中选发最优秀、最耐读的诗歌篇什（包括新诗、诗词、散文诗和其他诗歌品种），集天下好诗和最科学的诗论、最快捷的信息于一刊，对所选重点诗作予以精到点评。每年的十二期《诗选刊》，就是一部优秀的中外诗歌年鉴。

《诗选刊》是经典的。它除用主要篇幅选载当代优秀诗作，还用一定页码系统介绍古今诗史、诗人、诗作。刊物开放办刊，除了编辑选诗，还请诗人荐诗、读者荐诗、作者自荐，报不论公开与内部，刊不分官方与民间，其发表的好诗都可以成为《诗选刊》选发的作品。

同时保留八个页码的"本刊特稿"作为首发优秀诗稿的栏目。

茫茫人海，浩浩诗潮，《诗选刊》是与您生命一起辉煌的诗意的亮色。请您阅读《诗选刊》，请您把好诗推荐给《诗选刊》。

我们实际上已经展示了《诗选刊》2000年的风貌：选最好的诗人，选最好的诗，办最好的刊物。它的导语是："秉承一贯出色品质，创造诗坛卓越品牌。"编辑部现有的这些执着的诗人、诗歌编辑，的确在用血、用心支撑起一个全新的、预示着我们全部期待和光明的诗歌选刊，但愿面对无数自由、智慧的诗的心灵时，她会坦然地说：让我们相互拥有！

《诗神》创刊于1985年的早春，那是个属于诗的辉煌的年代，《诗神》几乎经历了改革开放以来新诗发展的全过程。几任编者竭心尽力，使其获得了所有应该获得的声誉和荣誉，成为中国诗坛扛鼎刊物之一。办这样一个刊物，没有一批充满理想主义色彩的人是不可想象的。本刊主编一直认为，《诗神》应该是一个充满理想主义光芒的刊物，正是这种理想主义使他在相当长的时间里对《诗神》这个著名品牌保持着几近偏执的执着和固守。以最苛刻的专业标准来衡量,《诗神》不存在任何质量方面的问题,它一直与不断递进的当代诗歌精神与艺术成果同步上升。如果有限的经费能够到位,它仍可以保持较为吃紧的良性循环。《诗神》的问题在于非文学形势催生的非文学的改刊动机引发的问题。《诗神》真正的价值,与市场无涉。(不知道这句话会不会被人理解为《诗神》不顾及市场。)最近许多刊物的总编总在提及让自己的纯文学刊物"走向市场",低能得让人心痛,真正的文学,市场会来找,读者会来找,这一平实的话语是澄清貌似进取实则自残的又一种集体无意识的箴言!

目前纯文学刊物的主管者、主办者、主持者陷入很"事业"又很功利的焦虑之中。他们心态不平衡,文热了趋文,政热了趋政,商热了趋商,指望什么都得到。改革是正确的,是必然的,"摸着石头过河"是被过程允许的,可即使是摸,也要摸得成熟些,眼光与思路少参照这个区域以外的标准。实际上,一年以前的那次动荡和固守已经给《诗神》造成了前所未有的致命内伤。本刊主编说:"有时某一瞬间会使你感受复杂人生体验的全部。"

1999是多事的年份。即使它剩下的几个月什么都不发生，关于它的事件记录肯定也超出了常规篇幅。繁复的世事，加剧了心态的浮嚣，我们看到了更多的表象及翻新的表象下并未有本质前行的诸种事实。

一份文学期刊的变革，在这样的背景下注定显得微渺，轻易被强势旋涡吞没。大批含金量偏低的期刊已把文学牵累得轻薄、飘浮，大批功利的读者以群众的名义宣判了少数纯正文学为异类，重复着快乐而乏味的精神生活。

但在有限的范围和有限的影响波及内，《诗神》的改刊仍是一个值得记取的事件。在纯文学的夕阳景观下，类似事件肯定缺乏卖点，但至少具有某种象征的意义。毕竟，圈内人胸中涌动的"神圣"未必因疲倦而消失殆尽，况且，诗歌仍是地球上那个主导物种的精神标高之一。需要隐瞒的另一个原因是，文学从业者大多单调、孱弱，不同的体制框格将存放他们不牢靠的生存寄托。

现在，很少有人也不应再有人沉溺于文学曾经的"繁荣"了。文学应该是文学，不应等同于意识形态，权力话语，大众积愤或狂喜的技术变形，这成了常识性的共识。但在共识的基础上，文学（期刊）面临的真实生存问题却鲜有明晰答案。"活着还是……"对当代中国文学界，这是比哈姆雷特还沉重一万倍的切实诘疑。

两难复三难，神圣的、曾经的《诗神》注定改刊了，毕竟有了又一个机遇，改刊将提供一种有限制的可能，大家暂不提及这限制的弹性。面对经历了焦虑、苦痛创造出的让人有限振奋的新的气球，谁都在想象着它能飞得更高些。我们的气球不多了，晚崩一个是一个，在可能的黯淡到来之前，总要理解成那是道路或者天空。

满怀希望工作，扎扎实实编稿，用这句熟语支撑自己。一个新的公章刻出来了，《诗神》的一个年轻人第一次看到它印在白纸上，觉得异样，有些酸楚。郁葱说，在一个不知道是寂冷还是酷热的深夜，他在电话中与诗歌界一位挚友做过一次长谈，沉沉中那位诗友对他说："郁葱，改吧。"无意识中郁葱重复着："改吧。"郁葱对编辑部的年轻人说，每年岁末，他都爱独自伫立在办公室的窗前，感受过去时日的孤独、寂冷与平静，感受真实，感受平和，感受一种大漠孤烟的苍凉，他对朋友们说，那是诗意。在那个与朋友长谈的夜晚，这种感受比哪个岁末都强烈而深刻！

转型期的社会是复杂的，转型期的文学是悲凉的，但是我们认了，因为诗歌等同于我们的生命！

十五年来，《诗神》一直追求质朴，倡导凝重，崇尚真实，贬斥虚妄，这依旧是《诗选刊》所坚持的。让我们真诚地恳请所有朋友，将您的诗集推荐给我们，将您所办的民间诗报刊推荐给我们，将您读到的报刊上的优秀诗作推荐给我们。让我们共同支撑起一份真正能代表当代中国诗歌发展水平的诗歌选刊，让我们努力。

又想起了一个字眼——一个在功利社会总被忽略的字眼——崇高，想起了在 1994 年的《诗神》月刊上笔者录下的一段话：

我从来以为，崇高是人心目中的某种感觉和体味。夜来读书，看到一位学者面对华盛顿国会图书馆时的感受："我忽然渴望一张桌子，渴望一支笔，渴望面对着一张白纸倾诉自己，不是为了永恒，不是为了金钱，不是为了庄子和萨特，不是为了曹雪芹和加缪……只是为了那灼人的渴望，只是为自己，只是为了那挥之不去的记忆。"

幸亏造化在给了我们死亡的同时，也给了我们回忆的智慧和力量。因此，逝去的生命在堕入永远黑暗冰冷的寂灭时，也有机会获得动人的喧哗！每一秒钟留不住生命，却会留下每一秒钟生命的记忆。如果你有足够的、敏锐的感觉和本能，如果你有充沛的想象，如果你能锲而不舍地在记忆的莽林和沼泽中跋涉，那么，终有一天，你会有幸获得一个感人至深的故事，你会有幸在一行诗里，在一瞬间，与人共度岁月千年。

至少十年以后的河北文学史才有足够的资料和理性客观总结这一事件。今天，乐观些看，这一改变较清晰地影射出十年以前不能想象、无法理喻的一种新气象，至少说明文学从思想物质都在逐渐摆脱着寄生，即使是从被动开始。

单凭这一点，这改动本身便或许是值得的。它是因循的文学秩序中少见的新鲜震撼。具体策略的局促无损于它的宏观评价，失败也是胜利。这是从《诗神》到《诗选刊》中的笃信，是一片踟蹰中的大比例的亮色。

这样背景中的筹备工作绝少虚无的冲动，一步一个脚印，踏踏实实，正应了那句曾经的话：只管低头拉车，不管抬头看路。或许，路早已走尽了，不知有没有站得更高的人忽然告诉大家一个喜人的噩耗：真正意义上的纯文学，跟同志们思维里、想象中即将完成或已经完成的那些文字，基本上不是一回事！

寄望于《诗选刊》吧，暂且安心于这变革中的不可超越的历史进程吧。既然觉察太晚的文学期刊的腐朽令新生陷在最深的挣扎之中，而其值得珍视的一面又倨傲地以光芒永远刺痛着剪不断理还乱的他虐与自虐。

《诗选刊》上路，喝彩无声，信心宁静。

细心的朋友一定会注意到，我为《诗选刊》保留了《诗神》的总期号。2000 年第一期的《诗选刊》，发表了由我撰写的"发刊词"：

《诗选刊》创刊，泱泱诗国有了一份集天下好诗于一刊的诗歌选刊。

开宗明义，《诗选刊》的办刊宗旨和编辑方针为一句话：选最好的诗人，选最好的诗。

《诗选刊》将汲取一切有价值的精神影响，注重当代性、开放性、兼容性、权威性和经典性。每期的《诗选刊》，都是对当代诗坛最新优秀作品的展示，每年的十二期《诗选刊》，都是一部当年的诗歌年鉴。

首先是权威性。当代是新诗的繁盛期，《诗选刊》将从中外所有华文报刊、图书中选发最优秀、最耐读的诗歌篇什（包括新诗、诗词、散文诗、诗歌评论、理论和其他诗歌品种），集天下好诗和最快捷的信息于一刊，对所选重点诗作予以精到点评。

同时注重经典性。中国新诗已经有了将近一百年的历史，其中不乏经典篇什。《诗选刊》除了用主要篇幅选载当代优秀诗作，还用一定页码介绍古今诗史、诗人、诗作，使读者对中国诗歌发展有一个较为深入的了解。

亦注重《诗选刊》的开放性。刊物开放办刊，除了编辑选诗，还请诗人荐诗、读者荐诗、作者自荐。报不论公开与内部，刊不分官方与民间，其发表的好诗都可以成为《诗选刊》选发的作品，同时保留《本刊特稿》栏，作为首发优秀自然来稿的栏目。

至于入选稿件的其他因素，则完全不予考虑。作者有名或无名，资历或深或浅，其优秀作品均可入选，唯一的标准是诗写得好。编者希望为本刊荐稿的朋友读诗时先不去注意作者的姓名，读到了能打动您的诗，便把它推荐给我们，至于作者是谁可以忽略。如有感想，请写几句点评，长短亦可，告诉其他读者诗好在哪里，或您以为怎样的诗才是好诗，怎么写才能写出好诗，直接一些，明了一些。拜托。

最近在读美国人类学家戴森的著作《宇宙波澜》，那里面有一段诗一般的语言："工厂是灰的，公园是绿的；物理学是灰的，生物学是绿的；自我复制的机器是灰的，树木和儿童是绿的；人类的技术是灰的，上帝的技术是绿的；军队的战场手册是灰的，诗篇是绿的……"是的，诗篇是绿的。如果我们的世界里和我们的人性中有太多灰色的东西，相信只有绿色能够将之拯救，所以我一直相信诗，相信它是融进国人生活中和骨子里的一种文化。我曾说过："在一个诗的国度里，诗的魅力不会由于物欲、金钱的诱惑和畸形舆论的引导而消失。生活中有美，有真情，诗便永恒。"很多年过去了，我依然相信这一点。

于是我们便在做！

让我们做得更好些！

我一直相信，这个发刊词，是经典的，是恒久的。2001年的一个冬日，编辑们下班了，我自己坐在编辑部，那时候，百感交集，于是，我写下了《2001年的第一场雪——〈诗选刊〉2001年第2期卷首语》，那段文字中说："2001年1月6日，北方飘起了大雪。这是21世纪的第一场雪，它平静、沉默而冷寂。

"面前是刚刚出刊便颇受赞誉的《诗选刊》2001年第1期，以及刊物第2期的校样，在这个傍晚，它们带给我积淀了十三年的厚厚的暖意。2期校样首页栏头旁边还是一片空白，如同窗外的落雪和我曾面对的许多孤独的时日。它似乎在提醒我，应该在上面留下一些文字。

"记不清是哪位朋友告诉过我，龙年，总会在漫不经心中给我们留下什么。我突然想到，又一个龙年在十八天之后便要匆匆而去，我记起了上一个龙年岁末，那个岁末也在落雪，我执笔写下了到《诗神》后的第一篇文章《龙年岁末，关于〈诗神〉的对话》，那时的内心充满了暖意、热情和激情。

"印象很深的是，那时《诗神》扉页的总期数是总第40期，而面前的刊物，已经是总第187期了，也就是说，147期刊物是我们具体负责编辑的，看到这个数字，我不知道有几多感慨。真的，有时，我们时常被自己所感动。

"是的，我们并没有面对一种普遍的诗意，诗人都活得过于纯粹和纯真，无意也无暇顾及面前的冗杂，我们所能做的，是用我们持久的人格因素，用我们的全部智慧和敬业精神把刊物尽可能办到极致，办到相对意义上的尽善尽美，以无愧于诗和诗坛。然而，在某一瞬间，我们还是要体验复杂人生经历的全部，无论你愿意，还是不愿意。

"想起了这些年中的许多经历，想起了许多朋友，想起了留在刊物上的许多语言，它不经意中被我们记下了，人世间许多复杂的回忆，便渗浸其中。

"比如，在《诗神》百期纪念专号上，我说：'我们懂得，艺术有时需要沉寂，需要忍受贫困和孤独，我们恪守着"严肃、凝重、深沉、开拓"的办刊宗旨，把刊物办成了一个大气、灵气、有底气艺术风格的刊物，面对诗神，我们问心无愧！诗有诗风，人有人格，我们坚守着这块诗的阵地，随着时间的推移，当许多东西成为过眼云烟时，我们相信，诗歌，能够灿烂地成为永恒！'

"比如，我说：'诗站着，我们就站着。'当然，我们知道艰难，从个人生存到刊物生存都很艰难，但别无选择，只有继续这种倾力投入，这几近痴愚和偏执，可谁让你最初选择了诗歌！

"比如，在《诗神》改为《诗选刊》时，我们写过一篇《在精神的制高点》的文章，其中告诉大家：两难复三难，神圣的、曾经的《诗神》注定改刊了。改刊提供了一种有限的可能，大家暂不提及这可能的弹性。面对经历了焦虑、苦痛创造出让人振奋的新的气球，谁都在想象着它能飞得高些，在可能的黯淡到来之前，总要理解成那是道路或者天空！

"我还不止一次在刊物中提到过雪，我说：'每年岁末，都爱独自伫立在办公室的窗前，望着落雪，感受过去时日的孤独、寂冷与平静，感受真实，感受平和，感受一种大漠孤烟的苍凉，我对朋友们说：那是诗意。'

"真的是苦苦撑着，并且试图做到最好。我一直以为，办一个诗歌刊物，需要有一批充满理想主义色彩的人，在这些人心中，生存的艰辛替代不了我们感受的诗意。

"应该说，我们无愧无悔。这么多年，不知在刊物上结识了多少至今仍然陌生的朋友，或许在哪个不经意的时候我们能够相见，诗是我们的缘分，是我们一生挣不断的缘分。"

"在一个新鲜的世纪里/我感到那一切更美好/如同你的挚诚，你的快乐/如同为你祝福的所有语言。"世纪更替的那天深夜，我想将这句诗呼在一位让我敬重的朋友的呼机上，但她的呼号被我放在了办公室，这些文字便没能发出。我想，这是天意。那就留给我自己，留给过去的《诗神》，留给现在和未来的《诗选刊》。

留给诗，留给我所牵挂的所有朋友。

2006 年 7 月 22 日记

2020 年 7 月 7 日再记

附资料：《诗神》1985 年 1 月创刊，花山文艺出版社主办，主编戴砚田。1987 年改由河北省文联主办，主编旭宇、戴砚田。(1989 年戴砚田离任)，1994 年郁葱任主编。1997 年《诗神》改由河北省作协主办。2000 年改为《诗选刊》，主编郁葱。

一个好人一生要经历多少苦难

——1976·唐山的悲情和诗情

　　1976 年，我在部队服役。7 月 28 日 3 时 40 分 56 秒，河北省唐山市、丰南地区发生 7.8 级强烈地震，几乎所有建筑物都变为废墟。就是在我的驻地张家口宣化，震感也很强烈。部队取消了探亲假，随时待命奔赴灾区。但很快又接到指示，暂时不去唐山，后来才了解到，当时我们部队的主要任务是防"北线"，要紧盯"苏修"的动静。

　　部队迟迟未动，我的心里却总惦记着一个人——唐山开滦煤矿马家沟矿的董浩善。我和他是在 1975 年和 1976 年《河北文艺》举办的两次"诗歌学习班"上认识的。他是个锻工，为人率真爽直，是我们想象中典型的工人性格。我们被分在一组，同组的记得还有村野、逄阳、孙桂贞（伊蕾）、贺莉、侯志宏等。那时人际关系单纯，大家相处得特别好，感情很深。当时比较注重工农作者，记得河北的农民诗人有李永鸿、侯立身等，工人诗人有董浩善、江明、韦一、周凤阶等等。董浩善写民歌，写作极其刻苦，当时的《诗刊》等刊物都发表了他的大量诗作。

部队去不了唐山，电话又很不方便，我就在 7 月 30 号赶紧给董浩善写信。当时已经知道了地震伤亡惨重，总感觉到老董那边一定出了什么事情。

8 月 27 号，在我的信发出二十八天之后，董浩善来信了，当时的第一感觉就是心里突然放了下来：这老兄，还活着！赶紧把信打开，看到了他的字迹。

郁葱：

来信收到，感谢你的关怀。

7 月 28 日唐山地震时，我正伏在炕上写稿，屋子一摇晃，我就往外跑，结果被砸在院子里，几处受伤，现已恢复健康，参加抗震救灾的战斗。我父母弟弟妹妹都好，因抢救及时，均无伤亡。我的两个孩子死了，爱人腿受伤，至今刚能拄着拐杖走路。

地震后，《河北文艺》的尧山壁同志、《河北日报》的韦野同志来我家看望，文艺组王宝林同志、萧振荣同志、王新弟同志也到我家看望，诗刊社葛洛同志、时永福同志到马家沟矿后也打听我的消息，唐山劳动日报社的同志也对我很关心，同志们都这样关心我，是对我的鼓励和促进，我只有刻苦学习、勤奋写作，才对得起同志们的一片心意。

这次地震，我们工房区和唐山、丰南一样，房屋全部倒塌，住在楼房里的人死得较多些，给国家造成的损失是无法计算的。党中央毛主席对这次地震极为关心，从人力物力等方面给予大力支援。英雄的唐山人民没被地震吓倒，他们掩埋了亲人的尸体，又积极投入了重建家园的战斗，决心用自己的双手建起一个新唐山，用实际行动回击苏修的诽谤。

这次地震我虽然失去了两个孩子，但是我的精神还好，写出了几首抗震儿歌、民歌，《唐山劳动日报》在八月十六日已发表一首。房子倒塌后，我屋里的东西全部砸坏。现在，住在简易房里，困难没啥，吓不倒我，对你的关怀我再一次表示感谢。

郁葱：你的来信我于八月二十二日晚上收到（当中有十几天没通信），晚上就在蜡烛底下草草地写了这封回信。

我这里一切都好，勿念。

希望看到你更多的新作。

致

革命敬礼

浩　善

1976 年 8 月 22 日晚 10 点

（第七期《河北文艺》我现在还没看到。）

从来信中，能看出董浩善出奇地镇定。他提到的那两个孩子的照片我见过，胖胖的，是两个非常可爱的女孩儿。老董没有更多地提及自己的境遇和悲伤，他用当时的语言方式，表达了灾区人的真实心态。从信中能看出来，他在凌晨三点地震时还在创作，这种刻苦使得他在地震中躲过一劫，不然恐怕也吉凶难测。我很快又给他写了回信，知道他还在写作，就寄去了十几本稿纸和我收到的七期《河北文艺》。我知道，许多安慰的话在这时显得特别空泛和无力，我所能做的，仅仅是让他感觉到朋友们都在记着他。9月7日，我收到了他震后的第二封来信：

郁葱：

你好！寄来的稿纸及诗歌专号均收到。谢谢你对我的关怀，稿纸我这里缺不着，请你不要惦记我。

前几天，田亚夫、张庚等三人到了马家沟矿，到我家来看我，给我带来了诗专号。

震后，我共写了民歌、短诗二十来首，除《唐山劳动日报》《河北日报》各发一首外，八月号《河北文艺》也发了一首，刘章来信说九月号《诗刊》用两首，这都是对我的鼓励。

地震后，各编辑部的同志及业余工农作者对我都很关心，王宝林同志、韦野同志、尧山壁同志、萧振荣同志、王新弟同志、唐山劳动日报社的同志都先后看望我。《诗刊》葛洛同志、时永福同志、韩振堂同志和田间同志、田亚夫同志、申身同志等都对我问候。解放军文艺社诗歌散文组组长纪鹏同志和部队黄干事到工房区，也来我家看了看。王石祥、杜志民、李均、刘微等也都见到了，人民文学出版社王致远同志、丁羽同志、杨匡满同志和张峻同志、李满天同志也都见到了。刘章同志、王中和同志、段飞同志、孙桂贞同志、人民文学出版社青少组全体同志也分别来信问候。我决不辜负同志们对我的关怀和期望，化悲痛为力量，振作精神，努力创作，决心写出受工农兵欢迎的诗来。

地震只能震坏我的东西（屋里的箱、饭桌、箱托、柜橱、书橱全砸坏），但是，震不倒我的革命意志。地震后，我病了几次，体重下降了十几斤，但精神饱满，精力充沛，身体不减震前。我要紧紧握紧手中笔，为巩固无产阶级专政继续战斗下去。

　　我自己有困难是能够克服的，希望你不要
分心挂念。

　　　祝

思想进步！创作进步！

　　　　　　　　　　浩善　草

　　　　　　　　　　1976 年 9 月 7 日

（我给你寄的日记本收到了没有？）

　　董浩善信中提到的那些名字，都是当时活跃的作家、
诗人。地震后，董浩善已经是家徒四壁了，但他还是想
着寄一个笔记本给我。如果在平时，一个笔记本不会感
觉到什么，但在震后的唐山，可能就是那个家庭留给他
的为数不多的纪念了。我一直保留着那个本子和这两封
三十年前的信，直到现在。没过多久，我参加部队和地
方的地震报道创作团队到了唐山，和著名诗人田间先生
等十几人一起住在市委院内的地震棚内。那次匆匆忙忙
见到了董浩善并且给他带去了一些生活用品，由于还要
赶往另外的采访地点，就依依不舍地告别了。后来，董
浩善来信说，他的妻子为他生了一个儿子，一个残缺的
家庭，又渐渐完整了起来。

　　后来在与他的通信中，我们总是刻意回避唐山大地

震，回避着那段惨痛的经历，很长一段时间里，我的许多唐山的朋友都是这样。我的诗兄张学梦经历了那场梦魇，现在每次跟他谈起唐山大地震的时候，能够看出来，他也一直尽力在避开这个话题。后来我在网络搜索到一些唐山当时的照片，那些场景至今历历在目。我们在唐山采访沈阳军区的一位战士时，他说自来唐山之后还没有跟家里联系过，我把挎包里带的七八张邮票和我们部队的十几个信封送给了他，他看着信封上面"中国人民解放军××××部队"的字样说："部队代号不一样的。"我说："没事，把上面的地址改一改就能用了。"那个时候我觉得，无论他们是属于哪个军区哪个部队的，到过唐山的，就都是我的战友，就都是董浩善的亲人。

我常常在想，一个面对如此灾难都能顶得住的人，他的这一生，无论写诗不写诗，都会好好度过的。过去和现在，都有人问过我生活和诗歌哪个更重要，年轻的时候，我曾经回答是诗歌，现在，我会肯定地告诉他，如果必须选择其一，我选择生活。

事情到这里应该告一段落了，记述那段经历的文章《1976：唐山的悲情和诗情》也在唐山大地震三十周年纪念时被几家报纸和刊物转载。文章发表之后我想，唐山地震生活逐渐正常之后，老董也不怎么写诗了，联系也少了。按照老董的年龄，他应该是不大上网的，未必能看到这篇文章，因此也就没有在意。那篇文字最后的一段话，其实也是我对他这些年生活的祝福。但事隔几个月之后，2007 年 1 月 17 日，一位署名"我所知道的老董"的朋友在我的博客里留言，我是晚上十点看到那段留言的，看完，竟让我愣愣地呆了十几分钟。留言是这样写的：

老董已经去世两年了。

我不知道作者知道不知道，他震后生的那个儿子，在六七岁时到马家沟矿职工游泳池游泳，就在他的眼皮子底下淹死了。这对他的精神打击可想而知。后来他便过继了一个女儿，那个女儿现在十六七岁。

我们也曾在一起工作过一段时间，我很尊敬他。他为人耿直，但境遇一直不好；也写些东西，但很少写诗了，多是些反映问题的读者来信之类。

他真的很不幸。退休后就得了中风，后来勉强可以走路，随后没两年就去世了。我在他去世一周后才知道这消息，当时很为没能去送他最后一程而遗憾。

他去世半年前，我看到过他几次，他拖着

病体沿街捡破烂儿：一手拄根木棍，一手拎个
又脏又破的蛇皮袋；光头，两眼茫然，很凄惨。
我问候他，他有些激动，说挺好挺好，临了又
说了句：完了。随后又一拐一拐地走了，继续
边走边捡。

他的家还在马家沟矿南贵里住吧：老伴和
他的女儿。

这段话看得我满目苍凉，竟然脑子里一片空白。

过了好久，我才在博客里留下了一段话："谢谢告
诉我老董境遇的这位朋友。心里觉得凄楚而悲凉。应该
早去看看他。总是感觉那么一条硬朗的汉子，没有什么
挺不过去，而且感觉里他还总是在壮年。我想，再去唐
山时，一定要去看看他的家人。一时无语……"

的确是"一时无语"，我不知道这样近乎极致的悲
惨怎么会一股脑儿落到老董身上。那是一个好人，按照
我们的愿望和民间话语，好人，应该是有好报的，然而
不是。我们眼前的现实是：好人，常常要经历比"恶
人"更多的苦难和磨砺。我前些天还在对一个朋友说：
"其实每个人都一样，各自在磨难里生存着，有肉体的，
有心灵的。生活要认真，但也不要过于对重量太在意。
写诗的人大多有忧郁的心理状态，这对写作不是坏事，

但对生活不是好事，不要把生活和写作完全当成一回事。实际上，无论是谁，无论有多么艰难，我们也没有背负人世间的所有苦难。"所以有时想起董浩善来，我总是想，他有很强壮的体魄，有很好的心态，有近乎痴迷的心灵追求，晚年应该也一定会很充实很幸福，这也能多少弥补早年生活给他带来的灾难和摧残。然而我无论如何没有想到，他的生命和家庭竟然在不公平的现实面前显得如此脆弱和不堪一击。这不该是一个好人、一个诗人的命运啊。

在那个瞬间，我好像否定了自己心中一直相信的许多东西，我甚至想起了一句俗语："神鬼怕恶人。"我的眼前，那些丑恶的、奸邪的、鬼魅的、龌龊的生灵还都很滋润很得意很鲜活地存在着、尽兴着，其实这本也没有什么，谁都应该好一点儿地生存。但那些善良、真诚、纯正、圣洁却一个一个一点儿一点儿一片一片地萎缩了，这怪谁？怪人还是怪命运甚至是怪这个世界？一个好人居然会有这样的结局，凭什么?!

那一天的晚上，我不知道在干些什么，不想说话也不想留言，不想看信箱也不想发信息，不想散步也不想读书……什么也不愿意再想。

深夜，失眠的时候，我突然记起博客里一位朋友说过的一句话："像我们这样的人，没有理由不好好生活。"

是啊，"好好生活"，有什么比这几个字还重要呢？包括写作！

但愿所有的人都能记住这几个字，所有的人。

2006 年 7 月 6 日—2020 年 1 月 29 日

编辑部的故事

　　我在《诗神》《诗选刊》编辑部的时候，许多朋友没有到过编辑部，觉得这里很神秘。有朋友问我平时是怎么工作的、稿子是怎么编的，也有的朋友风尘仆仆不远千里造访编辑部。更有的诗友，走到了编辑部门口，徘徊了许久还是没有进来，后来知道后，让我内心觉得愧疚。其实编辑部的工作很平常的，为了消除大家的神秘感，与大家走得近些，2011年春天，我在微博和博客中把自己的办公室"晒"了一下，并且附了十多张照片，实际上是为了告诉大家，以后大家即使不来编辑部，也会对这里有一个大致的印象，来了，也不会再觉得陌生。

　　自从2000年搬进这间办公室，我在这里工作了十一年了。原来的《诗神》《诗选刊》在省文联办公，那时的办公室没有现在宽敞，但比现在的温馨。编辑部在我的隔壁，是一间大办公室，那里放满了刊物和书籍（主要是诗集），这让我们编辑部显得很拥挤也很丰富。编辑部曾经出现过许多的故事甚至是事件。我在编辑部工作了几十年，经历了新时期诗歌发展的全过程，诗歌界一些有影响的事件，就是在这里策划的。这些经历有的现在可以说，有的现在还不能说，尤其涉及事件的，现在还不能多说，等到以后，也许哪一天，会把许多大家知道的不知道的想知道的真相告诉大家。

朋友们也许注意到了，我的个人介绍中很少出现"诗人""著名诗人"等字眼，如果有，也是朋友们给加上的。我从来不是专业作家，我是编辑，这是我一生的职业，也是我唯一认可的社会称谓，诗人不是。曾经有一段时间，有朋友劝我把职称由"编审"改为"一级作家"，我拒绝了。我从来没有想过做什么专业作家，所以我超脱：写不好正常，因为我就是一个业余作者。我很珍视编辑这个职业，这个职业总会让我想起别人，想着为别人做些什么，这与我的性格吻合。这些年我的心思主要放在编辑上，尽我所能和同事们一起把刊物编好，对得起良心。

我的单位是省作协，有些天我的微博里有人提到作协，而且颇有微词。坦率地说，作协这点儿事，我比你清楚，这里有芜杂，这个世界哪里都有芜杂，比如：行政经费很大，有的时候比业务经费还大；编辑部一年的日常支出很少很少；刊物许多年几乎没有经费，或者仅仅两万元；行政人员多于业务人员；等等。我在 2004 年有一个述职，大家读过之后，会对我在这个单位的苦涩和处境有所体味，好在不长，一字不漏地放在这里：

如果不去阐述《诗选刊》每一期的具体运作，那么刊物和我个人的总结一句话就可以概括：那就是，这一年，我们有高度、有品位地编辑了十二期刊物。说完这句话我就可以不再耽误大家的时间了。但我还是想到了几个词，想到了就再占大家两分钟的时间。

第一个词是专注，我们这些年一直是专注的。专注地来做这份刊物，专注地面对这门艺术。这种专注让我们没有杂念，让我们踏实。再一个词是干净。这一年或者说这几年，我们在作协是干净的。可以说，我几乎没有得到过这个团体任何世俗的好处，比如什么待遇、荣誉等等，刊物也一直在最低经费状态下运作。我不是说那些东西好或者不好，而是说，这样让我觉得艰难，但很干净。刊物一期一期地出，想着为刊物、为诗再做点儿什么，让我觉得很轻松，很平静，没有负担。第三个词是尊严。不是说得到了什么具体的利益就有尊严。尊严是一种品质、一种气质、一种性格。有尊严，这种感觉与其他感觉不同，比其他感觉要好。让人自信，有底气。这些年我努力为这个刊物做的，也就是在塑造它的品位和尊严。

感谢我作协的同事们，这些年，大家用许多种方式表达了对刊物和对我的善意，我们需要这些善意，也会记着这些善意。

这就是我当时经历的，也是刊物经历的，话里有话，甘苦自知。好在这么多年，我在这个单位"折"过，但从没有弯过。我在省文联、省作协几十年，我想做的事情不一定做得成，但我不想做的事，我一定不做。我从来不怀疑自己，保持持久的自信，把事情尽可能做到最好，把刊物尽量编到最好，我想，这就够了。可能有些刊物的同人在办刊过程中受到了各种行政干扰，但坦率地说，我没有。我办刊物的时候，没有谁对我有过多的具体约束，刊物当时的高度就是我所能达到的高度，如果说还有不足，纯粹是由于我个人的水平和才智欠缺。所以我觉得，总拿作协说事儿是自己的无能。写作不是作协的事，是个人的事。作协管不了谁的具体写作，能够左右写作的只有自己。还有人说："作家协会的作家没有人是良心写作。"那你就"良心写作"，他们没有一个写得好对你似乎不算是坏事，你就写个惊天动地翻云覆雨人神共泣，没有谁能限制。造化、德能、才气，如果不缺少这些还怕写不出让他们羡慕的好作品？写就是了。我在这个单位工作几十年，就是没有被它同化，还有自己相对的独立性和自由的状态。所以每次看到那些语无伦次、似是而非的言论就觉得可怜。世间多繁杂，诗坛更甚，文字浮浅、行为极端，在小圈子里憋屈得话都不会说了，还总以为自己看到了外星球，自己折腾自己，自己折磨自己，自己给自己设障碍，好像打生下来就受冷落，那个狭隘那个凄清。何必呢？作协没有推举谁，但它也限制不了谁，自己不成不就，跟作协有什么关系？至于作协自身的问题，当然有，但那是另一个话题，这是真话。别当怨妇，要不你就真的完全不在意，这能做到，除非不想做。那一天我说得有点儿多，似乎也有点儿跑题，但是我一如既往的真话，我对大家说："非常希望大家来《诗选刊》做客，有好茶。我在这里发几张照片，让大家对编辑部有一个直接的感觉。"

前面两张照片几乎就是我的办公室的全景。一张是从门口照的，另一张是从窗口照的。我的办公室是河北省作协 305 房间，桌上有一些刊物、校样、信件和一台电脑，我就是在这里工作的。办公室里有七八个书橱，摆放在东墙和西墙两侧。办公室里有不少花草，我喜欢绿色的叶子，不喜欢花，所以办公室里的都是一些不开花的植物。外面绿色少了，自己就创造点儿，不然可怎么办？

其中一张照片能很清楚地看到我的办公桌。有些零乱，编辑部大致都这样。那部厚实的书是《现代汉语词典》，桌上一摞刊物不是诗歌刊物，是《艺术与设计》

和《艺术世界》。办公桌最左边的是几本通信录，现在不怎么用了，但一直摆在那里，那里面有许多记忆。

办公室的窗外是一个不大的公园——"石门公园。"原来这里很清雅，绿意盎然，阳光充沛，从早晨到晚上，都有市民在这里散步、锻炼。但后来周围建起了不少高层住宅，把我们办公室的阳光也遮住了。原来早晨到编辑部就觉得阳光灿烂，但现在十点以后才能见到阳光。人的生存环境在悄然发生着变化，只不过更多是往纠结里变。

我的办公室书橱上摆放着几幅字，其中一幅是李铎先生的，在东面的书橱上。西面书橱上是河北文学院院长、著名作家老城退休之前为我写的"沧浪"两个大字。很有力度，边上的小字是："一身正气，两袖清风，志在诗篇，心如顽童。郁葱仁兄存。"这是多年的朋友对我的真实情感，但过誉了。右侧的那个奖杯是"第一届诗神杯全国新诗大奖赛"的奖杯，我保留了一个，从1989年一直保留到现在。许多诗友提起当年的"诗神杯"来，记忆犹新，因为他们就是从《诗神》起步的。

除了办公室的情景，照片上还能看到放在地上那几个袋子，对朋友们"坦白"，那是我收的"礼"。每到春天这个季节，朋友都会送来他们那里的红薯、蔓菁等土特产，让我非常感动。这里有感情而没有功利。我喝茶不多，也大致只喝一两种，所以还有些茶就在这里放着，诗友或者长辈到我这里来，便都送给他们了，也有时给来编辑部送稿的诗友们沏上一杯。这么多年，我收到的"礼物"大致都是此类，包括做评委当主编发稿子，等等，我不记得自己得过什么额外的"报答"。我敢于在这里讲这些是因为内心洁净，外面传言什么发稿要出钱，评奖有贿选什么的，我不敢说没有，但在我这里干干净净，所以内心坦然。

办公室书橱顶上摆放着鲁迅先生的铜像。我一直想得到一尊鲁迅先生的铜像，但走过许多地方，都没有找到。第四届鲁迅文学奖颁奖时，作家李浩去绍兴领奖，我想绍兴一定会有先生的雕像，于是就托他和另外一位朋友到绍兴为我带回来，但他们那次会议安排得很紧张，也未能如愿。直到参加第五届鲁迅文学奖颁奖典礼，到绍兴的第一天下午，我和评论家蒋登科老弟去鲁迅故居，在街上的一个店铺里看到了这尊铜像，我眼睛一亮，当时就与登科一起从绍兴酒店旁边的邮局用特快专递发了回来，了却了我这么多年的一个心愿。这尊铜像摆放在我办公室的最显眼处，先生显得忧郁而深沉。

2008年9月26日，我在旧北川县城和北川中学。那是中国作家协会组织的震后采访团。天下着雨，我们是在泥石流依然不停滚落、公路上满是积石的时候进入北川的。这是我此行记忆中最惨痛的地方。没有人面对那个垮塌现场会不震撼和战栗。一位朋友写道，看到了那片废墟，"我的心中，有了一个行事为人说话写作的标尺——北川标尺。北川标尺，是一个以事实为依据的标尺，人的良心的天然标尺。北川标尺的基本尺度，不是价值判断，而是事实认定；不是意识形态，而是人的良知。北川标尺的基本精神，就是尊重自然，尊重事实，尊重常识，尊重人，说真话，做好事"。在北川中学门口，在雨里和泪里，我捡起了两块石头，一块是黑色的——来北川之前我就想，一定要捡一块黑色的石头带回来。它的图案居然像地震产生的波纹。另一块是暗红色的，我觉得它像一个心脏，我期盼着，它能够让我听到那些年轻的生命心脏跳动的声音！在我的办公室里，它们摆放在书橱里显眼的地方，我经常抬起头来，看它们一眼。

还有两块不大的石头同样来自四川。我对四川充满了情感。上面的一块是在江油李白故里的院子里捡的，如果横着摆放，更能显出它的飘逸，像李白的诗篇一样，行云流水。另外一块像是日环食，是在三星堆博物馆院中得到的。北方的石头粗粝，没有南方石头的细腻。有形有意，我很珍视这几块石头。

关于编辑部，可说的话太多，李寒拍了几张我办公室的照片，想起了镜头里的一些事情，也想起了《诗神》《诗选刊》的几代人。一个刊物的历史和分量，是靠时间，是靠几代人积累起来的。石家庄有条道路叫作时光街，每次路过那里都有一种穿过时光的感觉。经常想起刊物草创时那些老编辑，当我记起那些名字的时候，就觉得，原来以为几十年很漫长很漫长，现在看来，也就是一瞬间的事儿。

那时，我想起了意大利诗人维尔玛·克斯坦蒂尼说过的一句话："我们所喜爱的诗歌改变了我们。我想，文学改变了个体意识，但并不一定以集体艺术的方式进行，也未必能够振兴整个社会。然而，从长远来看，个体意识可以逐步改变思想，这就是诗歌所能做的。在我看来，这也就是我们为什么写诗的原因。"

2011 年 6 月 20 日

云南记

　　2018 年 12 月和 2023 年 9 月，我曾经两次到云南，一次是经昆明到西双版纳，一次是到大理。两次云南之行给我留下了非常深刻的印象，惊叹于那里的山水景致，迷恋于那里的风土人情，前后写了九首诗，发表在 2024 年第 2 期《大家》杂志，后附一篇随笔《诗者，天地之心——我的诗友雷平阳》，云南也成为我除了河北之外为之写诗最多的省份。初到云南，在昆明、大理和西双版纳，我看到了大片大片的云朵，那神灵一般的云朵让我惊叹，不知道世界上还有这么纯的白，行云无定，阔远随风。那时的云南，云蒸碧气，穹庐无际，我被覆盖在云朵中，覆盖在绿女红男中，竟然不知经年。世态安然，江河行地，这么多年，我曾自恃洁净，不染纤尘，不染世间的污浊与潦草，几十年压抑和积攒了千般无奈，在云南，在云中，我突然悟到：沉浮冷暖不值一缕微尘。那时大片的云朵亦近亦远，风自拂尘，云不欺心，它们稳稳地悬在我的头顶，悬在神灵之下，天地之上。

一

  2018 年岁末到云南，是参加"末端的前沿——雷平阳作品研讨会"。会后的报道中说："末端的前沿"来自美国记者埃德加·斯诺。他 20 世纪 30 年代来到云南，写下了这样一句话：云南"既是东西方最后的接触点，又是东西方最早的接触点……它是中国的末端，也是中国的前沿"。事实上，古滇文化、爨文化、南诏文化、纳西文化、西南丝绸之路，无一不在表明云南确是中国的"末端的前沿"。雷平阳出生于云南昭通，他 20 世纪八九十年代以来的创作，一贯从他的阅历中来，以云南作为文学出发地，从这"末端的前沿"去发现、再发现和体认，在个人文学版图上开疆拓土。我不是评论家、理论家，偶尔写一些评论，完全是出于一个编辑的阅读感受，没有评论家的系统、完整和规范。而且我口齿笨拙，不像评论家们那样口若悬河、深入浅出。雷平阳虽然比我年轻一些，但我一直认定他是我内心的一个朋友，所以对他作品的评价可能就会随意一些，按照我阅读的理解来诠释。一部《云南记》就是一部云南史诗，靠一部长诗完成一个地域的史诗并不罕见，但是靠组诗完成一部史诗迄今我还没有见到。我一直主张成熟的诗人应该塑造某个地域人的心灵史、生存史和思想史，我甚至觉得这是好作品的终极尺度，雷平阳的作品符合我的这种期待。好诗只可感受不可诠释，诗是人内心的事情，真正进入另外一个人内心，几无可能。而当我用雷平阳的经历来感受自己的时候，我突然觉得，那就是默契。一个时代一定会有人来记录这个年代的精神制高点，四十岁以后才渐渐知道，写作最重要的不是其他，而是经历和经验。就像蒲罗说的："经历造就艺术和技术，没有经历，只能凭机缘。"冷静的叙事，理智的抒情，松弛的生活，理性的写作，这是我认为的雷平阳生存的状态，也是他的写作风格。在一次发言中，我说他的诗具有一种松弛的心态和严谨的写作态度，迄今我依然坚持这种观点。那天会议的主持人谢有顺安排我最后一个发言，这正合我意，使我能够展开叙述与雷平阳交往的经历，好像提起云南就一定会想到雷平阳。做主编的时候，很多机会到云南，像红河、丽江、德宏等。尤其是 2011 年 11 月，去红河的机票已经买好了，但单位因为有不能离开的会议，只好把票退掉。我在微博里表达了遗憾，云南的朋友云楚若水说道："在我们高原上，春夏的雨后城市都很透明鲜亮。秋冬的雨后，城市就如同覆了一层淡淡的墨色，灰蒙蒙，冷凄凄。"说实话，那正是我内心期待的境界。由于我生性沉潜，不大爱出门，许多机会都未能成行。这次云南之行，适度弥补了这些年的遗憾。

返回石家庄的那天，我对比了航班即将降落在他乡和即将降落在故乡的照片，那几年石家庄雾霾肆虐，看到那两张对比鲜明的照片，实在无言以对。想起来在云南景洪去古茶山，中午的时候我们在路边一个农家饭店吃饭，当时下着雨，院子里放着一个大盆，屋檐下的水滴到盆里，清澈无比，傣家的姑娘说："您尝一尝，是甜的。"对面山上的树叶像被染过，青翠透明，饱含着汁液。那就是云南，天然的、原始的、没有修饰的云南。那里的土地是红色的，我和雷平阳、罗振亚、李琦、娜夜照了不少照片，土地的颜色让人的面容也更有光泽。在西双版纳，感受最为深刻的是那里的花朵，它们恣意开放，无处不在。当地的傣族舞者为我们跳起了孔雀舞，总觉得在那里生活如同在神话中一样：太阳下山的时候，人们便回家了，他们等着月亮，在梦到来之前，去吃山上的果子，喝溪流的水。在家的窗口向外远望，唱着紫色歌谣。漫山遍野的花朵，就这样开着。有人站在白墙青瓦的门口，有人走在弯曲的路上。在版纳，鬓染青丝的我知道了什么叫作干净。那时我想，以后我只写幸福，静心做人，天地间的花木会垂怜我，傍晚，古茶山大片大片的茶花和桂花，与澜沧江散落着的浪花一同飞舞，两只青鸟恣意地回旋。丛生的草坪，茂密的枝叶，玉兰海棠杜鹃，苹果和葡萄的茎叶……早晨，跟同行的朋友们一起去采野花，在花瓣上走路，落了的花瓣也有感知，它们是我命定的神灵。那时花叶洒落，一丛草，一尾鱼，也在爱着。是的，孔雀湖的鱼游在水中，草和花都会开。花朵说，想想人世间也挺好，做人也挺好，苦着也好甜着也好，有人想着也好忘记也好。想得云朵漫卷，水伏水起，想得花儿温润直到凋谢。西双版纳，漫山遍野的花朵，就这样开着，也就这样爱着。

那次的经历生动而奇特。在云南景洪，一路泥泞，旅游大巴车陷在了里面，大家在周围都是热带植物的土路上徒步而行，一边走一边照相，觉得别有一番情趣。那时候我也想起了家乡，想起了华北平原，想起了下雨时身上满是泥点的情形，内心苦涩而纠结。在勐海县山峦连绵、云蒸霞蔚的古茶山上，实实在在感受到了人生命的匆忙和卑微。我对雷平阳说，人不过百岁，而树，竟然千年。西双版纳景洪嘎洒镇的那些树，躯干笔直笔直的，大枝平展，小枝蓬勃，也不怕枝条弯曲，也不怕叶子凋落。叶子枯了很快会再翠，枝条短了，不久还会更长。有水在这里滋润着它们，有人在这里滋润着它们，有神在这里滋润着它们。

2013年10月17日，诗人雷平阳应邀来石家庄在河北省青年作家读书班上做专题讲座，题目是《诗歌的血是红的》。他说："我喜欢仰视，背负青天往下看。人类要怎么写？把自己的膝盖骨敲碎跪下去献媚，这可悲，更让人难以接受。"他说，"大地的主人是野外，是大自然。所见所经历，给予思想上的洗涤。一山有四季，十里不同天。雷抒雁写过：'马蹄踏到鲜花，鲜花依旧抱住马蹄狂吻，就像我被抛弃，却始终爱着抛弃我的人。'"他说，"我在山上安静地坐上几月，自己反省。很大的公司老总开茶话会，我就提问，你心安吗？为什么？所有的人都回答不心安，理由太多，是否是精神危机，信仰的缺失？读小学直到大学的时候。20世纪80年代，那个神圣的年代。自己灵魂里最温暖的简单词语，精神情感的危机，父亲，母亲，鲜血淋漓，这些汉字是肉做的，钢筋水泥是兽行。母子，父子，词语光辉散掉了，弟弟妹妹哥哥，让神圣的汉语消失，甚至终归无处还乡。一生的目的写作，没有终点，长满了草木，归乡的路不是回乡的路，是前方的。对我而言，我也想找一个具体的。有些人，艺术家，在基诺山建一个房子，过一个自由散漫的生活，成为第二故乡，比如大诗人王维。"从雷平阳平静、跳跃而又充满内蕴的演讲中，我感受到了云南，也感受到了雷平阳热爱故乡的丰盈的内心世界。平时我偶尔给他打个电话，他几乎都在云南的深山里，那是他的文字的根基。他至今不会用电脑，字是一个一个写出来的，在当下信息时代，这实在需要韧劲和定力。2014年夏天，我们一起在北京西山八大处评选第六届鲁迅文学奖，评奖进行过程中，云南发生了严重的地震，那些天雷平阳一直心神不宁，惦记着自己的家乡，云南的报纸约他写抗震救灾的稿子，他写在纸上，请评论家罗振亚中午为他打出来。同事们出去散步了，振亚等着平阳写完，打出稿件来发给云南的报纸，第二天见报了。2018 年 12 月和 2023 年 9 月西双版纳、大理之行，我与雷平阳一起感受了属于他的那个苍茫的、带有神秘色彩的、极富特征的地域和文化，回石家庄以后，与诗友谈起西双版纳和大理，我对诗友说："在那样的独特的自然和文化氛围里，不出好作品，才怪!"

中午在西双版纳傣族园景园区进餐的时候，傣族姑娘们围着我们唱起了《傣族祝酒歌》，那歌声清澈舒朗，像带着神韵，很有感染力。我忘情地看着听着，诗人林莽借机抢拍了一张显得很贪婪的照片，朋友们看了以后抿嘴笑出声来。林莽看姑娘们端来一杯酒，不怀好意地对我说："喝吧，不喝我就把照片发到群里。"我平时是一滴酒也不沾的，但那天在姑娘们的怂恿和林莽的"逼迫"下，我竟然喝了一小杯傣族米酒。傣族的米酒液体色泽金黄透亮，散发着糯米的醇香与自然发酵的果酸味，绵柔甘甜，余韵悠长。那天早晨醒得早，想起了早年看电视，记住了一首歌，叫《弥渡山歌》："山对山来崖对崖/蜜蜂采花深山里来/蜜蜂本为采花死/梁山伯为祝英台/耶咿哪//山对山来崖对崖/小河隔着过不尼来/哥抬石头妹兜沙/花轿抬起走过尼来/耶咿哪。"可惜我不会唱，但那些很生活化的词曲，依然打动了我。我虽然到过不少地方，但是个地理盲，那是第一次到云南，以为这是西双版纳的山歌，后来才知道弥渡县在大理。还好，2023 年 9 月在大理，我又听到了这首山歌，而且觉得，这曲调一直离我很近很近。

在西双版纳傣王的御花园，我脱离了大家，一个人在林荫茂密、碧空如洗的曼昕公园散步，到了外地，我总喜欢一个人静静地走一走。这里是西双版纳最古老的公园，已有一千三百多年的历史，位于景洪市东郊，澜沧江和流沙河交汇处，其中最为著名的是白塔和总佛寺。白塔由一座母塔和周围八座小塔组成，塔身洁白，宛如一丛春笋破土而出，因此也被称为"笋塔"。白塔上有坛台、钟座、复钵、莲花、雀苍、宝伞、风幡等八个部分，饰有精美的塑饰和彩画，塔身洁白，地素体圣，塔尖上"天笛"随风发出丁零丁零的声响，给人以静谧、庄重之感。西双版纳总佛寺是云南傣族地区规模最大、最具影响力的寺院，其主体建筑由大殿、戒堂、阿夏牟尼舍利塔、鼓楼、钟楼、长老寮、僧寮、迎宾楼、食堂及高约 7.9 米的立佛组成，修建工艺体现了傣族的传统文化风格，是西双版纳佛教信徒拜佛的中心，也是西双版纳佛寺中等级最高的佛寺，迄今已有一千多年历史，法缘深厚。在傣王的御花园散步，惊叹于它的金碧辉煌和历史沉积感，如鸟斯革，如翚斯飞，更为那里各具特征的树木所震撼。傣族有古训："没有森林就没有水，没有水就没有粮食，没有粮食就没有我们。"园中有五百多株古铁刀木林及植被，园内既有山丘和河道，又有浓郁的民族特色和人文景观。铁刀木长势十分奇特，有一米多高的粗大树桩，上部是由树桩上萌发出的枝条。这个特征的树形为西双版纳特有，显得沧桑而深厚。最让我震撼的还有望天树，它树干笔直，鹤立鸡群，高居其他乔木之上，所以被称为万树之王。最高一棵达八十八米，在茫茫的热带雨林中傲视群雄，它的面前，则是一望无际、层峦叠嶂的热带雨林，形成了西双版纳独有的自然和人文景观。晚上，夜幕降临，西双版纳天上的星星显得格外亮，篝火晚会之后，我们在澜沧江边放许愿灯。那时候澜沧江水静静地流淌着，江面漂浮着无数闪闪烁烁的灯光，每一盏里面都有一个尘世间最为美好的祝愿，它们与璀璨的群星一起相映生辉，让人觉得像步入了一个神话、童话世界。在那么多的灯盏里面，我一眼就能看到我的那一盏，直到今天，我依然能够清晰地记起我当时心中默念的那个祈盼。

在西双版纳巴达区大黑山原始森林中，有一株一千七百多年历史的古茶树王，树高 5.4 米，主树干直径 1.38 米。这株茶树王证明了西双版纳是世界茶叶的原产地。我们是在大益茶厂品尝了普洱茶之后赶去大黑山的。那天的天气忽而晴天忽而下起了小雨，山路崎岖泥泞，不大好走，而且山上海拔较高，路也不近。好在一路上

《新华文摘》的梁彬一直在讲述着她的经历，打发了不少时间，下午三点左右也就到了。山上比山下的气温要低将近十度，司机师傅给我拿来了一条毛毯，披着上了山，朋友们打趣说我那时就像一个不畏辛劳、潜心修行的僧人。那时候我觉得，大自然是有序的，所以无论冬凉夏暖，它都显得那么清润、壮阔和浩大，而人不是这样，因此总是那么空寂、沧桑与落寞。在去往古茶树的途中，我看到了澜沧江。澜沧江发源于青海高原的唐古拉山，经西双版纳流出境外，我们看到它时，两岸是参差不齐的岩石，江水汹涌澎湃。我写过许多江河，是由于它们的命相不同。2023 年 9 月 18 日的下午，天无纤云，心如止水，我在神性的澜沧江自北向南，或起或伏，亦宽亦窄，澜沧江像是湿润了我几十年的干涸。这里有我爱的水有我爱的岸，感性的，理性的，欲望的，节制的……优雅的河流，或者不紧不慢的存在，或者激情辽阔。澜沧江的源头是山岩，所以有着天然的高洁与饱满，这是骨子里的性情，如同两岸行走着的布衣草民。跟这条江对话是幸运的，不对话，安然地看着它的淌动，跟它相遇并且传递默契，也是幸运的。想起昨夜那一轮明月，清凉淡雅，光彩熠熠，长天一色，有那么深厚的辽阔。曾经一个相近的傍晚，我在故乡的太行山的山顶，山下是滹沱河、冶河、洨河，白露秋风，一夜凉似一夜，细数它们夕阳下有光泽的痕迹，觉得身体上的一些旧痕隐隐作痛。如今，在澜沧江，竟然有了同样的感受，雁声高远，雨来则隐，云去自现，寒雨如晦，秋风落叶如晦，我惦记的人我忘记的人，各自都有归程。澜沧江越阔大，我越微不足道，它的落日是尘世的正面，而我，只是尘世的一个背影。这丰满的河流，比纯粹更纯粹，烟云旧事，故雨流年，冷暖一秋，尽是草木人间。

二

第二次到云南，是 2023 年 9 月参加"鲁迅文学奖获奖诗人走进大理"活动，那次我竟然一口气写了五首诗。到达大理之后，朋友们分成了几个路线分别采风。本来除了到双廊和喜洲，我的路线应该去漾濞，但其他朋友都多次来过大理，古城他们都已经去过，而我到大理来，最大的心愿一定要看看古城。我们住的宾馆在苍山脚下的灵泉溪，地势很高，低头就能看到洱海和大理古城，于是我一直坚持一定要用一天去古城。陪同我的姑娘名叫妮米阿露，汉语名字叫吉海珍，她是彝族，1985 年出生，写诗，也写散文，曾经出版散文集《出生地》等。这是一个性情温和、朴实的姑娘，她一路上给我介绍大理的风土人情，陪我到古城等地，让我很感动。

后来我才知道，她是漾濞人，是那个县的组织部副部长，由于对文学的挚爱，才屡次要求来陪我们采风，这让我内心充满了内疚，后来我对她说："如果你早告诉我你是漾濞人，哪怕舍去其他几个采风点，我也一定要去漾濞看看。"这也成为我此行最大的遗憾。我对吉海珍说："如果再有机会来大理，我最先去的，一定是漾濞。"好在，我在大理古城完成了我的心愿，创作了五首诗，其中第一首就是《大理记》：

在大理，心就会在高处，
天地似乎只有两种颜色：蓝色和绿色，
白露的时候，洱海从容地自东向西，
它简单得让人淡漠了几十年的感慨与沧桑。

在玉洱路，忘记了谁是我的爱，
谁是我的不爱，
风花雪月，是我的四个恋人，
我在闪着光泽的石板路上寻找足印，
如果有，那就是我前世的风情。

在大理，才知道世事其实仅仅是几片枯叶，
不如买一篮子香蕉、柑橘、石榴，

身上，都是它们的清香。

那时我认定：我们不必做的更多，

能把真实还原给这个世界，

就是一件最善意的事情！

2023 年 9 月 16 号的傍晚，

在苍山的山顶，

如黛如墨，浸染高天，

这秋天的深度不可思议。

那里有一层层冷杉、塔松、桂花树，

它们身居危岩，淡定超然，

人总不能不如那树吧？

要是不如，就学着它。

在大理。这个秋季，

苍山在高处，

洱海在面前，

好人们在身边。

这其中的"风花雪月，是我的四个恋人"一句，在
原稿中是"风花是我的兄弟，雪月是我的恋人"，给吉
海珍看了这首诗后她说："风花雪月是四个恋人多好。"

我听了当即说："这一句好，就这么改。"在古城，我兴奋地走了一整天，四个城门我们都走到了，我爱摄影，一边走，一边拍摄那些各具特色的店面。这些照片真用上了，不久我的小孙子去大理时，我俨然成了他的半个向导，告诉他哪个店面有什么好吃的，告诉他瓦猫在哪里买，告诉他石榴汁大致多少钱，告诉他晚上是到人民路还是洋人街……快中午时在玉洱路走得有点儿累，恰好路边有几把椅子，背面是红色的砖墙，上面写着"没错，这里是大理"，周围是大理不少街道的标牌和门牌号，有苍山门、青石桥、三月街，有博爱路10号、红龙井65号、银苍路29号等等。坐在那里一边照相一边休息，心里很松弛，很踏实。对面不远处是一家彝族餐馆，吉海珍说："去吃点儿东西吧。"她要了两份手抓饭，我打趣地问店家："不用手抓可以吧?"店家是个很英俊的小伙子，他笑着说："不用不用，有一次性手套，有筷子，也有勺子。"傣族手抓饭很有特色，先在桌子上铺一层洗干净的芭蕉叶，然后上菜，菜对称摆放，上边用鸡蛋点缀，正中放的是五彩糯米饭和菠萝饭，四周的菜有鱼、手撕炭火烤肉、虾、凤爪、各种蔬菜、水果等，还有一小杯自酿的米酒。我平时是不喝酒的。吉海珍说："尝一尝。"我先喝了一小口，觉得那酒醇香浓厚，微甜，喝在嘴里感觉清爽温和，竟然把那一杯都喝完了，而且没有一丝醉意。那天下午我们在双廊的时候，终于近距离见到了洱海，我觉得在双廊看到的才是想象中的洱海，它辽远清莹，蓝得让人惊叹。洱海其实不是海，是湖，它够大的了，但在我心中还把它无限放大，放大它的清澈它的安然，放大它蓝宝石的光泽。我会把想象变得无穷大，大过苏必利尔湖、密歇根湖和贝加尔湖。沿岸是红色的土，有青草和野花覆盖，它们今年枯了明年又荣。在大理，我与洱海对视了五天五夜，那些天的灵泉溪一直润泽着我的干涸——流入洱海的溪涧都有好听的名字，青碧溪、绿玉溪、万花溪、霞移溪、龙溪、梅溪、锦溪……一听这些名字就知道，那就是洱海。村庄在很近的地方，炊烟总飘在那里，洱海的水一动，鱼一动，还有声音一动，就觉得这里好有人间烟火。那时，我写道："癸卯秋日的一个傍晚，/我与新结识的伙伴静静望着洱海的涟漪，/风一吹，她忽而破碎，忽而断裂，/但瞬间就会自愈，什么也遮覆不了她的平静与矜持。/高水成湖，夕阳水带，/洱海，大泽蓄水，/也蓄情。"是啊，自此，脑海里便总有她感性的名字，洱海，如同一些生动的人，绝世亦独立，一水乃乾坤。

我们在大理的时候，云南已进秋天，那时云南有万物，有很绿的树、很悠闲的草和很从容的人，人到了云南就会出奇的从容，云在其中，树在其中，鸟也在其中。

我不知道大理路边草的名字，但我感慨它们独有的生机，匍匐于地，染绿染黄。什么样的生命有什么样的生存，植物啊动物啊人啊没有本质的区别。高树生得惨，浅草活得长，不能期待草有树的根系，所以也就不必在意它的蔓延。菜蔬上的甘露，叶子上的空气，花瓣上的阳光，还有水果……大理的石榴真甜啊，饱满丰盈，榨成汁，甘甜可口，成为了一道风情。云南刺眼的阳光下，让人知道了生活不该像是受难，而是与自然有最简单最贴近的融汇。春种地，夏锄草，那时大半生的冷冷暖暖都放下了。风平和，大地暖，色丰盈，露饱胀。云之南，此时生万物，万物皆神灵。

2023年9月19日，我们到了苍山之巅，山顶上有浓雾，还有微雨，那时觉得苍天很远，苍山很近，一瞬间似有千年的沧桑，而我问自己：千年万年，就真的沧桑？那时还似有无语的感慨，可人若一瞬，能有多少感慨？人啊，不融高天，高天缥缈，不渴远水，远水空泛，无非是布屦黄土，穷衣薄裳。其实不用上到山顶，在缆车上看层层叠叠的苍山松涛更让人震撼。这苍山，早有云影，晚有禅钟，古风故雨如旧，人间烟火依然。你看老树不语，紫藤繁花，天下所有，皆似于无。苍山的深厚不在于山重重叠叠，不在于水急急缓缓，在于千百年之后的沧海桑田。这个季节，眼前的苍山秋树暮云，如同见到人世间的智者和尊者。山不老，人何曾能老？站起倒下复站起，天也循环，地也循环，人也循环。于是，走到苍山，我就像有了归宿，道之所远，心如禅定。去往苍山的路上，山脚下有一缕炊烟，如同我的太行山脚下的炊烟，它们飘荡的方向是共同的，有东风，往西飘，有西风，往东飘。我想象着那家人平实的日子，而他们不会知道，一个素不相识的人在惦记着他们。南方北方的苦乐冷暖、世态炎凉是相同的，草民们一日三餐布衣素食也是相同的。繁衍生息，也水也火，活在清尘里，活在云朵里。望着炊烟，我暗自为那家人祈祷，祈祷给他们最世俗的白日和夜晚，有水有米有菜蔬，不知道世事有什么变迁，只在意一年一季鸡鸣犬吠，稻菽饱满。也望山之高远，亦归天地之心。

　　而在喜洲，我和吉海珍在洱海边捡了几块石头，一块是黑色的，布满了微黄色的圆点，如同大理暗夜里闪亮的星辰。一块是乳白色的，非常圆润，岁月把它打磨得光洁而精致，上面灰色的纹理如同时光的年轮。我走到哪里都要捡石头回来，那上面有记忆。千百年，好像那两块石头就静静地躺在洱海边等着我，至今，它们都摆放在我的案头。还有一块儿大一些，我实在带不回来了，吉海珍说："我把它带回家去。"然后我们到了巍山，巍山县为南诏国的发祥地，始建于元代，明代改为砖城。巍山古城完整保持了六百多年前建城时候的棋盘格局，是中国保存最为完好的明清古建筑群之一。在巍山关圣街的石板路上，一阵急雨骤然而至，那雨滴不甜不咸不浅不淡，南诏国时是什么样子，依然还是什么样子。我们赶紧躲雨，跑进了路边一户人家的门洞里，惊奇地发现，墙上竟然残存着清代的告示和毛笔书写的文字，笔锋流畅，颇有几分书法家的味道。远处，云中斜阳刺穿了经年，雾遮紫叶，云覆青瓦，雨急急，如是打在明清的时光里。望着不远处的拱辰楼和城楼上悬挂的"魁雄六诏"四个大字，我想象中巍山的城门一直都关着，从明朝就关着，岁月静止在那个时刻，直到我找到大理的时候，才为我打开。秋日午后的巍山，一阵雨瞬间六百年。朋友们有的在拍照片，有的在购买彝族的扎染，那时候我想：世界上总有洗干净内心的所在，或者是风雨冷暖，或者是神明抚定，或者是天地循环。

想起来这大半辈子，没有什么更多的期待，唯愿清风朗月，世态纯明。也知道内心总有理想化乌托邦式的冲动，唯物的内在唯心的外在。好像作家诗人被视为社会的良知，可那被称为"良知"的东西，很多带有浪漫色彩。这个秋天，云南是透明的，有那么丰富的光泽，站在灵泉溪往下看，大理傍晚的灯火那么清晰和鲜亮，有油画般的晚霞、鱼鳞状的白云，有壮阔的日出和日落。

看到这些，世界就多了一些美好。诗人更多一些理想主义和乌托邦式的幻想，但有时候我又想，或许有一天这些理想和浪漫，在这大千世界都成为了真的。比如在大理，比如在西双版纳，比如在云南。

2024 年 11 月 1 日

冲浪年代

20 世纪 70 年代末 80 年代初，是一个伟大的时代。现在回忆起来，那个时代我们年轻，那个时代万物复苏，那个时代到处是朝气和激情，那个时代充满着创新精神和包容精神。那是个属于艺术的时代，一个属于艺术的时代不可能不是一个伟大的时代。想起那个时代，就使我想起两件好似互不关联的旧事：一是边国政在《诗刊》1979 年 12 期发表《对一座大山的询问》，包括后来在人民大会堂朗诵这首诗时，中央为刘少奇平反的决定并没有公布。二是 1983 年李谷一在春晚演唱《乡恋》，节目单上并没有这首歌，节目组一开始给李谷一安排了三首歌。但李谷一的《乡恋》在一次次点播中，出现在了春晚舞台。当时的社会氛围造就了一批杰出的文学作品和艺术家，包括伤痕文学、朦胧诗等。那个时代属于文学，属于艺术，也属于青春。

在河北文学界，似乎一直有一种现象：这个省份的作家和诗人扎实、内涵，但欠缺先锋和敏锐，一些影响国内诗歌进程的诗歌现象，基本与河北没有什么关系，河北基本上没有诗歌事件。这既说明河北诗人的沉稳和定力，也不能不说是河北文学的一个缺憾。但在 1984 年，这个"惯例"被打破，这种现象随着"冲浪诗社"的成立而宣告结束。那几年，河北诗坛出现了几个大的事件：1981 年 6 月，在全国中青年诗人优秀新诗创作评奖（1979—1980）中，河北诗人张学梦的《现代化和我们自己》、边国政的《对一座大山的询问》、萧振荣的《回乡纪事》、刘章的《北山恋》等四首（组）诗歌在评奖中一举夺魁。当时获奖的仅有七部作品，河北省占了四部，这个纪录至今没有哪个省份能够打破。当年的 6 月 3 日到 10 日，河北作家协会和承德地区文联在塞外山城承德联合召开了"端阳诗会"，河北各地三十余名中青年诗人到会，外省诗人流沙河等应邀出席。会上，田间和曼晴两位先生着重就新诗的发展问题与大家交流了看法，倡导新诗要发扬屈原以来的爱国主义精神，继承诗歌的浪漫主义传统。记得会议安排我和边国政住一个房间，但会议召开两天了，边国政才从北京颁奖现场赶来参加会议。当时我刚吃过中午饭，一位穿蓝色上衣的青年人走进了房间，看了看房门上的名签，问："你是郁葱?"我们虽然没有见过面，但我还是很确定地叫出了他的名字：边国政。

1983 年 1 月，《长城》丛刊在廊坊召开定稿会，并在同期以显著位置和篇幅推出"河北青年诗人十一家"，他们是张学梦《诗四首》、刘小放《强悍的人生》、姚振函《我和土地》、边国政《我的诗写在脚手架上》、逢阳《海之恋》、白德成《青年的浮雕》、郁葱《黎明的主题》、姜强国《丁香花开》、王俭庭《落榜者的春天》、王树壮《前进，向着太阳》、刘晓滨《开采我吧，祖国》，评论家苗雨时撰写评论《一丛带露的鲜花》。其中的几位，在以后成为"冲浪诗社"的主体。1984年6月，盛况空前的河北省诗歌座谈会（又称"涿州诗会""芒种诗会"）召开。这次诗会上，十位青年诗人正式宣布成立了"冲浪诗社"，这些诗人年龄有差异，创作风格也有差异，但情感相近，追求的恰恰是"差异"而不是相同。他们聚在了一起，开始了几十年的诗歌同行。

实际上，"冲浪诗社"在1984年就已经成立了，当时，在省文联最后一排小平房里，刘小放和我住邻居。这一年的秋天，"冲浪诗社"的诗人们第一次聚在了一起。那时生活还不富裕，但小放家的嫂子还是炒了几个带着海腥味道的家乡菜，我的妻子也拿出了在那时看来已经相当奢侈的泸州特曲和刘伶醉，张洪波和白德成喝醉了，说着醉话，做着醉事。那几天，我们谈诗，谈人，谈社会，谈改革开放，充满着亢奋和激情。十位诗人推举边国政为社长，并在石家庄地区招待处二所留下了诗社的第一张合影。后来的事实证明，这个诗社在河北乃至更大的地域中，延续的时间最长，诗歌成就也最大，十位诗人中有五位获得了全国诗歌奖项，伊蕾又是诗坛的"无冕之王"。"冲浪诗社"是新时期以来中国诗坛、河北诗坛的一个独特的现象。我一直保留着当时"冲浪诗社"相聚时伊蕾随手写下的一张小纸条，对十位"冲浪诗社"诗人分别做了评价："平民诗人"刘小放、"蓝色诗人"何香久、"囚徒诗人"伊蕾、"纯真诗人"逢阳、"希望诗人"边国政、"青春诗人"白德成、"大地诗人"姚振函、"石油诗人"张洪波、"幼童诗人"郁葱、"弥勒诗人"萧振荣。伊蕾实际上是在勾画这些诗人的特征，这里面有的严谨，有的是在戏谑调侃。她说自己是"囚徒诗人"，是说在情感的世界中，她一直像个囚徒；说郁葱是"幼童诗人"，是说我总也长不大的性格；说萧振荣是"弥勒诗人"，是调侃他圆圆的鼓起来的肚子……重新从笔记本里翻出那张纸条时，它已经发黄了。

岁月啊。

写到这里，不由得感慨：时间把许许多多有形或无形的东西抛掉或者留下，抛掉的自不必说，留下的那一部分，便让人凝重肃然起来，因为它被人们称为历史，而历史，总会让人不由自主地产生一种深厚和神圣。

1986 年 11 月，《星星》诗刊发表了边国政执笔的"冲浪诗社宣言"：

谁要恭维诗就让他去恭维吧！谁要冷漠诗就让他去冷漠吧！反正我们选择了诗！

我们不是一个什么营垒或派别，我们只是天空众多星座中的一个。十颗星，互相观照，互相支撑，也互相争斗，组成一个既稳定又变幻莫测的结构。十颗星，都按照自己的方式发光。

对于诗，我们没有更多的话要说了。如果硬要开列什么纲领的话，我们的旗帜上只写着两个字：创新！

为了诗！

为了需要诗的人们！

为了需要诗的今天！

今天，为我们提供了一切，包括欢乐和悲伤。我们不能让今天失望。

除此以外，任何原则都是约束、拦截和扼杀。

这个宣言，署名是"冲浪诗社全体"：边国政、孙桂贞（伊蕾）、刘小放、何香久、萧振荣、张洪波、姚振函、白德成、逢阳、郁葱。它具有永恒性和经典性，至今仍然是我们内心遵循的理念。

所有应该表达的一切，尽在其中，我们冲浪。那些年，十位青年诗人以各自卓越的创造力和想象力，求同存异，互相补充，掀起了河北诗坛的一次次高潮。那的确是一个辉煌的年代，今天，当我们渐渐老去的时候，回想起那个年代，感觉依然年轻，依然唤起了我们开始暗淡和软化了的激情。

1987年6月，中国文联出版公司出版了河北青年诗人诗集丛书"冲浪诗丛"，显示了20世纪80年代"冲浪诗社"诗歌创作的实绩，这在当时的诗歌界也是一件不小的事情。这些诗集有姚振函的《我唱我的主题歌》、肖振荣的《远行》、刘小放的《草民》、边国政的《爱的和弦》、伊蕾的《爱的方式》、白德成的《这个世界》、逢阳的《溶化的太阳》、何香久的《海神之树》、郁葱的《蓝海岸》、张洪波的《黑珊瑚》。著名评论家苗雨时当时评价：

目前，置身于中国诗坛的每一位诗人，都感到了来自外部现实的和内在心灵的冲击。诗历来是诗人生命状态的反映，当我们细心谛听，环顾四周，我们听出了各种声音的和音，从不同方向伴奏着生命的凯旋曲。最近中国文联出版公司推出的河北"冲浪诗社"十位成员的"冲浪诗丛"，显示了各有特色的艺术果实。他们选择了舒放自由的"运动"形式，在喧嚣浮荡的时代的海面，自信地升起坚韧帆影。在他们独异的审美视野里，没有对镜流涕的感叹，而是跳动着时代的心音，呈一派时代的葱俊进取的青春气势。

他们是古老的燕赵热土上的跋涉者，执着地追求，他们的诗勃发出平凡的但却是沉实的声音。刘小放的《村之魂》《草民》等，时时跃动着一个当代诗人的精神情绪。故乡那注满祖辈骨殖和血液的土地，无时不在向他昭示生命的真实含义。那是诗人灵魂的房子。他回到那儿，不是为了安抚饱经沧桑的灵魂，而是要展示一种生命的现象：渤海滩的风度，渔鼓的气质。他要写出不断自省不断更新的人生，写出历史的沉重和欣慰来。边国政在铺排扬厉的社会批判激情中沉默了几年，一跃转入考察整个人类生存秩序的题材区域，《一九八六：风流世界》《旋流》等，是诗人以鹰隼般的目光扫视世界风云变幻的结晶。在这些诗里，诗人摒弃了忧患意识，开始追求直接楔入事件的本质。姚振函的诗，追求一种明净高远的调式。故乡温厚凝恒的地貌，一次次催动他以一种近乎感恩的状态进入诗歌。他写故乡每一根新鲜的幼苗，写故乡每一所新起的楼房，也写"不和谐的音符", 他以一贯的扎实稳健, 完成了他诗艺的"第二个阶段"。萧振荣近年从田野上走出, 开始了新的"远行"。他善于伴随着外向观察, 写出内心深处悄悄跃动着的自尊和豪迈。何香久是冲浪诗社中使双枪的汉子。他一方面以绮丽纤秾的感觉写出现代青年内心深处的涌动, 另一方面又以粗粝的金属之音写故乡人民的生命形态, 写海底层的昭示。张洪波长期生活在油田, 那片荒凉而又充满希望的土地给了他汩汩不断的情思。石油工人举止粗放, 但更富于人性, 他要用自己的笔写出平凡的劳动过程背后蕴藏着的完成自己、升华自己的真义。

冲浪诗社作为河北诗歌界颇有实力的团体, 在艺术变构的幅度上显然是带有前导、实验性质的。他们没有虚妄地宣称和前辈诗人的"决裂", 而是轻松自信地在饱吸了前辈诗人值得吸取的汁液的基础上, 重铸一格。孙桂贞、白德成、郁葱的诗, 则以独标逸韵的展现, 牵动着人们的目光。孙桂贞走出忧患意识, 执着于个体生命的价值的探寻。她的诗有浪漫主义诗歌的语言效果, 具有对生与死、爱与恨、希望与失望等二元对立结构的思考。她诗中的

"我"，是一个不确定的、时时分裂着的准客体，她要通过这种分裂，获得智性和感性双重开放的可能。白德成的诗形式感很强，他关注的是生存—文化—语言之圈，他以连锁的大幅度的语言实验，潜意识状态的点到为止的展示，使我们把他与"朦胧诗人"区别开来。逢阳的诗，追求魏晋田园诗的味道，写得平淡、新鲜。他不是镶嵌警句，而力图将平淡的词句放入整个结构中以产生意义，追求的是一种秩序，一种形体。郁葱是冲浪诗社中年龄最小的一个。他的诗可以说较干净地剔却了消息性、陈述性的语言。每一句都是一个环境，使人在读后不得不进入一种激情状态。冲浪诗社的成员的总体特色是：追求透明的光调、较大的清晰度，讲究诗歌与读者之间距离的调整，讲究对生存实在的热情介入。

"冲浪诗丛"的出现，所透露出的更深远的意义，我们认为，这是河北诗坛诗歌创作上一个阶段结束的标志。事实上，这套丛书中大部分诗作，都是诗人早年在未摆脱被动接受我国流行诗潮影响的情况下写出的。要给这套丛书挑出致命的弱点，恐怕就是这一点。值得欣慰的是目下这些诗人正以艰辛而富有创新的努力，构筑着独异的艺术果实。冲浪诗社久久未能达成一个相对一致的创作主张。诗的生命就孕育在诗人永久的不安、困惑、不断修改、校正自己的方向中。这些在我们看来，都成了冲浪诗社同人的共同愿望。事实上，他们也都在进行着新的创造。

我们看到，蓄满生机的冲浪者，他们将视线轻轻刺穿海面后，随着欢叫的海鸥升向冲动的天空。

之后，经济大潮滚滚而来，诗歌已摆脱不掉与金钱的关系了。

1989年，我国有近十家诗歌报刊夭折，究其原因，败在一个"钱"字上。随后，又有数家文学报刊因经济困难停办，诗人们被经济大潮裹挟着不能自已。我在《诗神》编辑部亲身经历了那个阶段的迷茫与焦虑。来访者常带来某某诗爱者奔"实业"而去的消息，那些使人惊异的故事累积在一起，冲淡了最早的尴尬与惋惜，经济，矗成困窘的生活与高贵的诗爱之间的铜墙铁壁。在当时的一篇文章中，我写道：

借助了金钱催产的水准低劣的艺术现象频频出现在诗坛。随手可拈的例子是：出本诗集变得这么容易，"四千元钱＝一本诗集"，这畸形的等式，在诗歌蔚蓝的天空堂而皇之地飞来飞去，和那些以盈利为唯一目的的诗赛、笔会一道，降低、玷污着诗歌应有的高度与纯度。不隐讳地说，最近几年，大概是出现诗的赝品最多的几年。

抱怨与牢骚尚未结束，诗界对于商品时代的某些反应与对策其实还显得有几分茫然。

诗人大概是最早呼吁并参与改革的一批人了。白德成成为当年随赴海南狂潮义无反顾地投身南方的青年之一。在海南开过咖啡馆，搞过装修设计，还干过其他。认真过，随意过，潇洒过，可怜过，闯荡几年，孑然一身返回承德。所见其舍仍寒，只脸上平添些许深刻褶皱，这皱纹完全可发出好诗几组。

那年在承德云山饭店，笔者与德成对坐，感慨曰："做诗人你要真诚，做商人你要虚奸，很难把这截然对立的两者糅合到一起，或者由于真诚而受骗，或者失去真诚去骗人。"

久未与之通信，只是从诗友那里得知，最近他在承德干得还不错。

在全国颇有影响的女诗人伊蕾，独赴俄罗斯，真纯的典雅女性居然也做起来生意。记得她深夜不时从俄罗斯来电话，讲她已到那里求学兼做生意，问做何生意，回答竟然是可以买到每架一百六十万美元的飞机。听伊蕾谈吐似还未进入商人之境界，真切之中有几分盲目。最关心的莫过于她在那里生活怎样，她坦然一笑："没问题。"

这是当时真实的记录，现在读起来，苦辣酸甜的味道都有，好在，无论走了怎样的路子，"冲浪诗社"的诗人们后来都回归到了他们本来的心灵归宿——诗歌。

自"诗歌流派大展"始，浮躁的诗坛喧嚣不止，诗派林立，但大多只有宣言，没有作品，留下了名字留不下作品，诗歌不是实践的产物而是臆想的产物。"冲浪诗社"的诗人很少有喧嚣。一方面，这是他们不事张扬、扎实朴厚的诗风所决定的；另一方面，也说明他们内心有底气。当然，由于诗歌与诗人不再充当社会生活的先驱和思想启蒙的角色，由于诗歌对于整个社会的相对效应减弱，以及现实生活的种种物质冲撞，许多诗人包括"冲浪"诗人的创作在某一个时期冲撞力相对弱化，但我还是认为这是社会成熟的标志，是他们开始成熟的标志。

边国政一直担任"冲浪诗社"社长至今。即使他担任过诸如市文联副主席等多种社会职务，但我感觉，他更在意的应该是冲浪诗社社长这个职务。边国政至今仍一腔豪情，跟年轻的时候没有什么区别，他有血性，也理性，思维敏捷，早年一直举办"诗歌夏令营"，许多孩子写诗，就是从那里起步的。这些年他写诗少了，但他读诗、谈诗，激情依旧。国政率直纯真，骨子里具有诗人气质，是"冲浪"的主心骨。

萧振荣在冲浪诗社被称为"萧老大"，是由于年长的缘故，也是因为他相对成熟。记忆最为深刻的是 1999 年初，当时老萧已经退休了，那一年我主编《河北 50 年诗歌大系》。这是一项浩繁的工程，选编二百零一位有代表性的河北当代诗人、诗歌理论家的成名作或代表作，这部著作应该说是河北省诗歌五十年发展的一个里程碑。由于我当时忙于《诗神》《诗选刊》的编辑事务，主要选稿工作结束后，后续大量的编辑、校对工作是由萧振荣、苗雨时两位兄长完成的。那么多的作品、评论、诗人介绍、大事记，振荣都看了好多遍，而且当时经费不宽裕，没有什么编辑费，萧振荣、苗雨时两位几乎都是无偿地在做这件事情。这部著作得以在 1999 年 9 月出版，振荣可谓呕心沥血。后来编辑《河北历代诗歌大系》同样也得益于萧振荣的辛劳，查找资料、编辑注释，真的是日夜兼程。两部著作都是 16 开精装本，《河北 50 年诗歌大系》七百七十六页，《河北历代诗歌大系》七百二十三页，那时候稿件在我办公室的办公桌、床上都铺不下了，又铺了一地，校样来了，我就给萧振荣老兄打电话，他骑着摩托车就赶来了。至今想起来，依然让我感慨和感动。那些年，我在《诗神》和《诗选刊》，由于省作协主要领导人从中作梗，工作遇到了前所未有的困难，几次想调动工作，都是跟振荣商量，而每次都被老萧拦住了。老萧说："任何时候、任何理由你想离开《诗神》《诗选刊》，我都不同意。"事实证明，老萧是对的。一个细节就可以说明我与老萧的关系：他是可以在我的办公室抽烟的为数不多的人之一。

伊蕾在河北也屡经磨难，甚至她已经被评为某个奖项的获得者，但临近颁奖，不可思议的是她的奖项又被取消了。后来伊蕾回了天津，在《天津文学》工作了一段时间，之后辞职，独闯俄罗斯。后来在北京定居，收藏、画画，在 798 艺术园区生活得很优雅，经常有电话打来。总觉得她多年没有变化，纯真、稚气、率真、优雅。一部《伊蕾诗选》非常经典，许多国内的所谓诗歌获奖作品，与她根本不在一个层次上。她是一个时代的代表性人物。

刘小放在省作协做了几年行政工作，退休后藏石、写书法。他性格中有沧州人的豪爽，广结善缘，朋友很多，聊天喝茶，谈天论道，很是洒脱。他出版了《刘小放诗选》等著作，获得了《诗刊》最佳诗歌奖。他为人真诚，记得我 2005 年获得鲁迅文学奖，小放得知消息后的半夜和凌晨接连打了好几个电话，抑制不住地为我高兴。2001 年，当时省作协已经从省文联分离出去，成为一个正厅级单位，《诗神》改为《诗选刊》也已经一年多了。我一直认为我不适合在当时的省作协这种单位工作，改刊又经历了一场风波，我对铁凝说："《诗选刊》我把底子打好，然后就交给别人。"铁凝尽最大努力给了我支持，但当时的党组主要负责人对刊物的挤压已经让我忍无可忍，而我又不愿意因此伤害我多年相知甚深的朋友，便下决心离开。我对省作协主管刊物的副主席、我的诗兄刘小放谈了，他觉得突然，对我说："再等两天，我想一想。"几天后我又找他，他还是没有回答，只是说："我跟党组书记谈了，要不然你就写个文字的东西。"我马上写了以下文字交给了他："省作协党组：由于工作原因，我请求由省作协调入省文联工作，请党组批准。感谢省作协同志们多年来对我的工作及我本人的关怀。此致敬礼。郁葱 2001 年 2 月 13 日。"晚上，小放给我来电话，对我说："我想了好久，走吧，只要你觉得好，对你的情绪和身体好。总是这么压抑，时间久了怎么行？"但第二天早晨，很早，大概六点多，小放又打电话来说，"我想了一夜，一直没怎么睡觉，我又改主意了，我不同意你走了。去那边你的心情和环境会好，可你丢不下诗。你对诗歌这么执着，放下对你还是个折磨。我太了解你了。"这些话使我也犹豫了。更由于铁凝的态度，动摇了我调离的决心。在省文联住平房的时候，我和刘小放一直是邻居，我的孩子就是小放的三个女儿带大的，至今孩子跟小放家的几个姐姐情感还很深。这样的亲情，是值得在意一辈子的。

姚振函写诗，也写散文，依旧是风趣幽默睿智的文笔，做了一些年的衡水作协主席，这几年身体不好，晚年在衡水悠闲度日。前年去看过他，愿他早日好起来。一组《感觉的平原》成为乡土诗的经典之作，至今读起来让人感慨。

几年没有见过逄阳了，逄阳在张家口仙居，他心态好，豁达。标志性的符号是他那副大度数的眼镜，朋友们戏称那是"瓶子底儿"，当年他在省作协主持图书编辑部，"冲浪诗丛"就是在他的策划下出版的。

白德成总是不停地在忙，去海南挣了不少钱也花了不少钱，最后还是回到了故乡，在承德办刊物，办《国风》和《燕山》。这些年承德的诗歌发展很快，与德成的影响力和号召力密不可分。上面提到，记得20世纪90年代，应该是1994年，我去承德，吃过晚饭，到他简朴的家里喝茶，然后我们一起在云山饭店聊了一晚上，那种朋友之间随心所欲的感觉真好。

何香久在沧州，做了行政领导，但总觉得他跟"官"字没什么关系，本质上还是个诗人，出了一部厚厚的《何香久诗选》。那是个快手，一天一两万字，写电视剧，做行政工作，写诗，什么也不误，电视剧《焦裕禄》出自他之手，据说最近又在拍摄电视连续剧《纪晓岚》。

张洪波离开了华北油田，回到吉林老家，先是在时代文艺出版社做编辑，然后办了个文化公司，又与我一起办《诗选刊》。洪波精力旺盛，也大度、外向，各种场合应付自如，这一点与我正好相反，也算互补。他这几年出了几部诗集，创作力一直不减。

至于我自己，在《诗神》《诗选刊》做了三十多年的编辑和二十年的主编，一直到今天。这在当下文学期刊中也许是绝无仅有的了。这些年，我经历了一生中最为艰难也最为激情的时期，折过，但没有弯过，坦率地说，由于我在刊物经历的磨难，我对省作协从来没有过归属感，仅仅为了诗歌，为了刊物我留在了这里，并且一直坚守到现在。当然，这并非我所愿，这一切，我会在以后的文字中详尽地叙述。我为刊物写过一个卷首语——《诗神不悔》，这四个字中，似乎容纳了我许许多多要说的话。

还应该提及的是苗雨时先生，与苗雨时先生相识，要追溯到 1983 年 1 月，上面已经提到，当时的《长城》文学丛刊诗歌组由旭宇先生主持，在河北廊坊召开"河北青年诗歌定稿会"，并在同期以显著位置和大篇幅推出"河北青年诗人十一家"（那个时候这批诗人年龄最大的不到四十岁，我年龄最小，二十多岁）。这是改革开放之后河北青年实力诗人第一次集中展示，在当时的环境下，也是综合性文学刊物中开先河的一次壮举。评论家苗雨时专门为这些作品撰写了评论《一丛带露的鲜花》，附在这些组诗之后。冲浪诗社成立后，苗雨时先生始终关注着冲浪诗社诗人们的创作，被冲浪诗社的年轻诗人们誉为"保健医生"。苗先生为人朴厚扎实，是个严谨的学问人。按道理讲他在大学做教授，应该话语滔滔、口若悬河，但平时他的话并不多，显得异常内涵和"内秀"。前几年我主编的《河北诗选》出版之后，苗先生又写了评论。想到原来他写的那些评论，也想起了许多往事，更使我感觉到，如果你要评论一个人的作品，最好要了解他的人。

我和我们这一代人，曾经对政治、对社会有着那么多的热情和祈盼，这一点，几十年没有什么变化。"冲浪诗社"的诗人都是理想主义者，这种理想主义包括他们为诗和为人。朋友们总以为诗人的内心世界很松弛，那不是真的。真正的有价值艺术代价太昂贵，的确是用一代人甚至几代人的命运和青春换来的。我想，从"冲浪诗社"十位诗人作品中折射出的，不仅仅是他们具有高度的写作和生活历程，更是这一代人为这个时代留下的永恒印记。

2014 年 7 月 20 日

感受，然后爱

——我所走过的城市

　　我一直不愿轻易议论一座城市，它吸纳了那么多属于自己的品质和声音、感觉和味道、气韵和精神。每座城市都有自己的风格与内涵，每座城市都有自己的性灵、生灵和神灵。

　　我几乎热爱我曾经到过的每一座城市，它们使我多了一些经历、一些感受、一些激情。那些城市可能忽略许多像我一样的匆匆来者，但都会因走近它的人们而显得更加饱满和生动。

　　我匆匆路过的城市很多，比如济南、锦州、沈阳、广州、郑州、嘉兴、福州，比如天津、苏州、黄石、温州、太原、泰安、南宁、西安，等等，我在这些城市只停留过一天甚至仅仅几个小时，它们就像繁星，很亮，在我的心中实实在在地闪烁着。我深入的城市很少，而有一些如果我深入了，就会刻骨铭心。

　　南京。好像这是一座注定要带给我感慨的城市。我对它的印象是深邃、博大、内在而包容，底蕴丰厚。1989 年夏天的时候，我从九江独自乘江轮到南京，看着两岸灯火，很孤单，黯然神伤。早晨到南京，从码头直接去了中山陵，当时游人不多，我感受那种浩瀚、肃然的氛围，苍茫而神圣。深夜我要乘车返回石家庄，傍晚，在火车站前的玄武湖旁，我一个人站了好久。我在回味这一天沉沉的深刻，总觉得，这座城市给我的心灵填充了什么，现在想，那时真好，很敏感，很脆弱，很容易"思想"，也很容易动情。第二次到南京，则是十六年之后了。2005 年 10 月 27 号，我参加了第二届"中国诗歌节"后从马鞍山到南京乘飞机。那天飞机晚点，晚了很多，我总感觉要出什么事，想跟一个人说说话，把心情告诉他。在我面前走来走去的都是陌生人，我找到一个号码把信息发了出去。飞机起飞离开那座城市时，我内心好像没有了空旷和忐忑。

大连。这是一座保留了我很多童真和浪漫的城市。我许多的激情和想象，似乎源自那里，我许多的平静，似乎也源自那里。1993 年和 1994 年，我曾经两次到过大连，两次都住在旅顺口。当时，旅顺是一个沉寂的、沉积的所在，我想，所有的历史都是沉寂的，沉寂才有重量。在旅顺的那些天里，我平静地生活、体味、思考。当时住在部队的一个小型招待所，一套一套的单元房，像是一个真正的家。那里离海边很近，好像整个旅顺都离海边很近，在城市的任何一个角落都能听到海的声音。城市里的人很少，我和朋友晚上八点出去，就可以在太阳沟的马路中间肆意地抒情。在那里，你只要住上几天，就好像能结识所有的人。当时每天都去商场买一些菜和食品，没过几天，一走进行人稀少的商场，里面的售货员都向我微笑，好像看到了老朋友。

那几年，我也几乎每年都去北戴河，北戴河是一座与旅顺口隔海相望的小城市，地理环境、面积和旅顺有许多相似之处。有时，我一个人坐在海边，远远地望着海的那一边，思索着旅顺口和北戴河的异同。北戴河是我河北的家乡，我的第一部电视剧就是在这里拍摄的，对它有着异样的情感。也正因为如此，我看它就更苛刻些，那只能说明，我把它看作我自己。

旅顺口。它是历史的。应该说，它凝固了中国某一阶段的所有历史。与北戴河相比，和它有关的历史人物并不多，但和它相关的历史事件却非常多，它仅仅是历史。后来的这些年，它远离了中国政治的所有尘嚣，平静地把自己融入过去。

北戴河。它是现实的。它聚集了近年来的无数政治事件，成为中国政治的中心和旋涡。那么多的起伏跌宕都与它有关，那么多的大喜大悲都与它有关，它往往是许多政治事件的起点、发源地或发祥地，但从不是那些事件的归宿，也没有哪个政治事件与它有更深层的维系。许多智慧和灵性在这里被开启，而当那些智慧和灵性变为辉煌或黯淡时，它却依然如故。这个被称为"暑都"的狭小之地，竟然承载了一个国家的命运。它使我想起某一时期的庐山。一座山或一片海，竟然容纳了现实的许多进程和意义。但伟人也罢，凡人也罢，一个人的生命终究不会比神灵造就的天地、自然，甚至沙砾更辽远、更恒久，所以你来到北戴河，能够体味到时光的短暂和匆促。

旅顺口。坦然、凝重、冷峻而不急促。它好像有非凡的自信。那里几乎每个角落都是历史，就连街道上发出铜色光泽的地井盖，也那么厚重，也有几百年的生命。路边一所不起眼的小楼，就可能是当时某位历史人物的居所，这样的所在越多，人们反而越淡然。他们就在里面生活着，生活在不为人所知的历史中，不喧嚣，不浅薄，不浮躁。但越是这样，旅顺就越值得思索，它也有你足够的思索空间和内容，需要去踏实地感受。

北戴河。有着有限的深度，它很外在，但不浮浅，也许没有更多需要去理解的东西，它那些浮在表面的现实，却是产生深刻和史实的渊源，给人的是流动着的、漂浮着的然而却深邃阔大的气质，当代几乎所有可以想到的大人物的名字都在这里留下过影子。虽然无论是伟人还是俗人，对于时光来说都是匆匆过客，虽然无论当今的政治对北戴河的涵盖和影响有多么深厚，那些都不是它自身的历史，但这个城市是一位见证者，它的眼神里包容了当代史的无数跌宕起伏。

旅顺口。它含而不露。举个例子，这个小城有一所相当规模的博物馆，里面有些藏品甚至有的省级博物馆都望尘莫及。由于举世闻名的中日甲午战争、日俄战争都发生在这里，因此景点众多，像白玉山、万忠墓、旅顺火车站、友谊公园、海岸公园等；太阳沟景区有旅顺博物馆、中苏友谊塔、胜利塔、植物园、苏军烈士纪念塔；鸡冠山景区有北堡垒、松树山堡垒、望台炮台等堡垒炮台。旅顺监狱旧址是一座由沙俄修建、日本人扩建的监狱；老虎尾景区的西鸡冠山炮台、城头山炮台、蛮子营炮台及闭塞队纪念碑址，都是当时战争的重要遗址；黄金山景区内有中日甲午战争、日俄战争留下的遗迹和唐代古迹鸿胪井，老铁山前的岬角石岩是观看黄海、渤海自然分界的好去处；小龙山景区内有蛇岛、猪岛、海猫岛、虎平岛、羊头洼海港、大潮口，海猫岛与蛇岛隔海相望；猴石山景区有椅子山堡垒、二〇三高地、苏军烈士陵园……我之所以对这些景区的名字如数家珍，是想说明，我不知道还能有哪座城市在这么狭小的地域集中了如此众多的历史遗迹。在那里，如果你能塌下心来面对过去，它就是无尽的资源、智慧和思想。旅顺口给人的所有历史和积淀，都是为了去回味和体味。

　　北戴河。有太多人为的景致、景色、景点。在我经常去北戴河的那几年，每年都用半天的时间把东山、西山跑一遍。最早的时候，东山的鸽子窝是"不设防"的，后来建了收费的鸽子窝公园。但"鸽子窝"是没有内容的想象，它的最大价值是看日出、观海。至于西山，莲花石不远处的 96 号楼有着众所周知的当代史的价值。还有那些建筑，而让人遗憾的现实是，无论在大连、青岛、天津、上海，当然包括北戴河，留下来的那些有价值的建筑竟然与我出生后的几十年没有任何关系，就是说，我们近些年来制造的只是一些与历史、与艺术无关的僵死的建筑躯壳，每每想到这些，我无言以对。北戴河不乏有意义有价值的建筑，但人们是看不到的。后来，北戴河开发出了一些名人故居，这会使这座城市"文化"一些，"历史"一些，也就是说，让自身多一些重量。

　　旅顺口。很自然，很生活。我和朋友早晨到海边，随意就捡回了许多海带、海星、海螺。1994 年的旅顺口还保留着原始的寂静和安然，幽静的道路两旁晾着一些刚刚洗过的衣物，晚饭人们就摆在路边的小桌上。旅顺口即使是在夏夜，天黑之后海边的行人也不多。在那个叫太阳沟的地方，海风轻扫阔叶，灯光早早地暗下来，远望着深海，感觉整个旅顺像是一个在晃动的摇篮。

　　北戴河。北戴河彻夜不眠，那里是一个喧嚣和欲望的所在，灯火斑斓，人满为患。那么多的疗养院、宾馆、别墅、招待所，那么多惊天撼地的神圣或者丑陋的人物或者官宦或者草民……在那里，你总会感觉自己微不足道。那里没有了大自然赋予的最初的神韵，离开了北戴河，你也许就再也记不起来它的涛声。

旅顺口。它的三十里处，是大连，那里充满生机、活力、激情。

北戴河。它的三十里处，是秦皇岛，这是一座几乎与大连一同起步的沿海城市，想起它来，我便想起一位伟人的诗：秦皇岛外打鱼船……

旅顺口。它融进了历史，它是恒久，和时间一同属于历史。

北戴河。它有着海一般的现实。它是瞬间。是西山落日，也是东山日出。

我爱大连，爱北戴河，无论它们温润的情感还是苍凉的蔚蓝。我记着那座城市带给我的暖意和寒意，也记着那座城市带给我的浅淡和深刻！

上海。第一次到上海是在 1986 年 10 月，我与河北的几位作家一起去上海文学院进修，那是我第一次到南方，记得我们后来还一起去了杭州、无锡、武汉等地。当时我还年轻，单纯、开朗、性情舒展。我们一起去南京路、外滩，一起到复旦大学。后来我的诗友何香久记录了我当时的心理状态：

他不大跟人说他自己，熟悉他的人只知道他的一些大体经历：年纪很小的时候就穿上了军装。在冰天雪地的塞外，他握着一本薄薄的诗集取暖，想家，想比家更遥远的地方，一个少年的秘密从不开花。然后他写诗，写到了现在这个份儿上。如此而已。这段经历在履历表上仅有可怜兮兮的几行字。然而，有一件事把我深深触动了：

1986年秋天，我们一起在上海文学院做短期进修，一次，我俩同来沪的诗友边国政在五角场的一个小酒馆里吃饭，邻座是一男一女两个军人，那个晚上，郁葱只是默默地望着他们，什么也没说，什么也没吃。告别那个小酒馆和那对军人的时候，他笑了一下，一个二十多岁的年轻人无论如何也不应该有那样的笑，好像在那个瞬间他再一次经历了他经历过的一切。

一个人的苦难，只有对他自己才是实实在在的苦难，而对别人，只不过是一个故事。因此，这个外表看起来很文弱、很娃娃气的郁葱，他心的一隅实际上早已结了茧子。

写到一座城市，应该回避这些很个人化的东西，但我又想，其实不管怎么写，最终还是写自己的心灵历程。上海的博大的确使我觉得自己很微小，但在外滩上我想，它在历史和现实之间给我的双重感受使我觉得能很快接受他，融会它。我喜欢让我感到有气魄、有气质的城市，这两点上海都具有。那座城市没有我经常感到的身边某座城市的陈腐、没落和世俗。上海，因为我没有深入它，所以我总是渴望它。不能不提到一个细节：那一次，我记录了整个行程的开支，车票32.20元（卧铺），在上海学习（八天）用款，学费100元，住宿费130元。购买的物品，枕套1.40元，电熨斗30元，旅游鞋13.80元，衬衣8.70元，雨伞12元；给安俐（我的妻子）买衬衣7元；给墨墨（我的孩子）买的物品有衬衣13元，鞋26元，环球牌汽车玩具套装20元，羽绒服两件各13元、12元。（记得我当时去上海时带了300多元钱。）第二次到上海，是去杭州浙江电影制片厂修改剧本时路过，在人民广场旁边的一个饭店住了一个晚上。记得那一次，我在人民公园里留下了什么东西，或者是寄托，或者是记忆，或是情感。上海的许多被别人看来无所谓的地方我却忘不了，比如何香久提到的五角场的那个小酒馆，南京路和外滩路口的那个邮局、人民公园等。以后又曾经几次去那里。2000年6月和诗人张雪杉、李秀珊、宋晓杰等人一起到宝钢，当地的朋友问我晚上想去哪里，我说去外滩，他们知道我去过许多次，也知道我其实是想在那里再看到一个曾经的影子。

南昌和九江。想起这两座城市，实际上是想起了庐山。1989 年的 7 月，那一年的夏天极其闷热，尤其是南昌，记得在那里的几天里，晚上我甚至是泡在浴盆里度过的。当时我还没有从一种情绪中摆脱出来，恰好这时，妻子中学时最要好的同学给她来信，说遇到了一件为难的事情，想让我去帮她处理一下。妻子也希望我换一换心境，催促我到南昌去。我在南昌待了三天，把朋友的事情处理好，自己一个人乘火车到了九江。那时，庐山的游人还很少，我自己穿行在石子铺就的小径上，两边是竹林，雾气冉冉，累了，就在路边的竹林里听着"嘎巴嘎巴"的竹子拔节声睡着了。一个小时醒来之后，身旁的竹笋竟然长高了许多，把我惊讶得目瞪口呆。那些生命是那么安详，但安详得那么蓬勃，那么旺盛，好像那一瞬间，我一直低沉的状态舒缓了许多。当天傍晚，我在九江码头遇到了一对山东籍老夫妻，在他们的饺子摊吃了一顿好多天没有吃过的正宗的北方水饺，并开心地和他们攀谈了好长时间，然后登上了九江到南京的客轮。我一直在甲板上站着，看着两岸灯火，我觉得特别茫然，想有一个人说话，哪怕是说废话，其实，人有时最想说的就是废话。我原来是一个很清纯、很阳光的人，但世态和年龄改变了我。在长江上，我还是落下了难以名状的泪水。

深圳。这座城市是我的福地，我与这座城市仅有过短暂的相约，它记录了我一生中最重要的几天。我与这座城市在许多方面非常相近：活力、创造、想象、个性。我觉得我懂得了它并且深入了它，使得它成为我一生中最重要的记忆之一。2005年6月，第三届鲁迅文学奖颁奖典礼就是在那里举行的。颁奖活动搞得高潮迭起，当时获奖者住在银湖，那里秀美异常，幽深静谧，到市里去一次也难，没来得及好好看看这座城市，只是在去电视台的路上在车上看了几眼，来去匆匆。深圳是一座先锋城市，虽然都是鲁迅文学奖颁奖，但感觉与在绍兴完全不同。深圳的诗歌当然地呈现出先锋的形态，我在那里会随时找到与我们习惯了的理念不同的碰撞，那些触动都会使我的内心和理念发生质的变化。城市的差异，人的差异，文化感受的差异，使得这里出现了迥异的意识和艺术。实际上在深圳可以走到更极致，而且它时时在提醒人们：如果你在意，如果你对身边的某种变化有所察觉，你会做什么？

无锡。拱桥、三山、古塔、小巷。在宜兴的溶洞、太湖的游船和细雨霏霏的站台上行色匆匆。我在那里写下了一首诗，题目是《我和你的南方》："拱桥上，你溅起的泪点燃了桅灯，/所有景致，不如初雪临摹的那段小径。/船的归宿不是水的归宿不是灯的归宿，/你体味的是熟悉我体味的是陌生。//而我们曾手持相同的车票搭乘雨季，/湿漉的行囊负载着过多的沉重，/童谣留在北方，雪夜留在北方，/一段浪漫是一段默契却未必是一种虔诚。//你在寻找双色的帆影白色的太阳，/而我的岸蓝得孤寂蓝得抑郁蓝成重叠的投影，/无须承诺无须忏悔无须让水的背景作为背景，/寻找的是记忆留下的是经历忘却的是瞬间的雷同。//冷风景朦胧成一种幻觉，/你珍视的是真实，我珍视的是梦。/当不幸之外的所有一切都成为不幸，/季节不是憧憬，梦幻便是憧憬。"那几年有一些童话般的经历，当这些经历已经成为往事时，我把它当成记忆，并且，留在心底。对镇江的感觉几乎和无锡是相同的，浪漫，真纯，茫然，也好遥远。

长沙。曾经有几年，是我日夜牵挂的地方。我的孩子在那里上了四年大学，并给我们带回来了另一个孩子。我一直向往长沙，直到有一天我走进岳麓书院，才真正懂得了它的深厚；直到有一天我走在橘子洲头，才真正懂得了它的浩荡。我像与它有很深很久的渊源。不知道多少次坐在湘江边，那时候我想：无论这条河是涨满还是干涸，从远处看，它都平静。大江大河知道什么时候放纵，也知道什么时候回头，不急不缓就浩荡成了经典。所以，每当看到湘江的时候，我就强迫自己想：世界是干净的，干净的。一直想为湘江写一首诗，但一动笔，就想起了"独立寒秋，湘江北去，橘子洲头。看万山红遍，层林尽染；漫江碧透，百舸争流。鹰击长空，鱼翔浅底，万类霜天竞自由。怅寥廓，问苍茫大地，谁主沉浮？"伟人把湘江写到了极致，不知道后人再如何为其作诗。

第一次到厦门是在 2011 年 10 月参加第三届中国诗歌节。开幕式上，著名朗诵艺术家方明和一位可爱的孩子一起朗诵李白的《将进酒》。方明先生曾经朗诵过我的诗作《鸽子》，所以见到他很亲切。李白的这首诗在许多场合听人朗诵过，起码三届诗歌节的开幕式上都朗诵过，各有特色。方明先生的朗诵更有震撼力，再加上孩子稚气的童音，让人不禁有一种对历史、现实和未来的感慨。诗歌节开幕后第一天上午的研讨活动在厦门大学学术报告厅举办，主题为"中华诗歌的传承与发展"。对谢冕、吴思敬和吉狄马加先生的发言印象比较深，他们发言的题目分别是《那些空灵铸就了永恒》《中国新诗已经形成自己的传统》《道德是诗歌发展的基石》。他们发言的基调对中国新诗都是乐观的，我也有节制地这样看。厦门大学有一池湖水。研讨会间隙，我和雷抒雁、张新泉、娜夜等朋友绕着湖边走了一圈。身边来来往往的都是学生，空气里有朝气，湖中有黑天鹅。可爱的天鹅不怕游人，自由自在地一会儿岸边，一会儿水中。人不行，束缚人的东西太多。

对厦门印象最深的是环岛大道，海天一色，路边绿意怡人。早晨和晚上，我便到环岛公路旁的海滩散步。看惯了北方的杨柳，觉得南方的树更适宜抒情。那天下午和八九位朋友在海滩上聊天，拍下了一张厦门落日。我住的房间窗外能看到大嶝岛。当时这里是对金门炮击的最前沿，这个喇叭号称世界之最，竟然重达一千五百八十八公斤。据导游介绍，当时解放军、国民党军每天除了打炮，还相互喊话，解放军喊的是："国军的弟兄们，你们的亲人在盼着你们回来。"国民党军喊的是："共军的弟兄们，到这边来吧，这里有吃不完的馒头和面包。"在大嶝岛印象最深的是，2010 年 1 月，当年大陆的播音员陈菲菲和台湾的播音员许冰莹在大喇叭前的亲密合影，让人感慨而又忍俊不禁。一个属于过去的岛屿。那些大炮仅仅只是钢铁了，被人审视被人抚摸。这好。它们冰冷了比它们有热度好。

在厦门集美园博苑，几位年龄相近的评论家丁国成、杨匡汉、张同吾、朱先树、吴思敬站到了一起，为他们拍摄了一张照片。这次去厦门，最想看的是鼓浪屿，脑海里总有《鼓浪屿之歌》的旋律。10 月 19 日上午到了鼓浪屿，看到了那么多的人、人和人。环岛旅游车上《鼓浪屿之歌》依旧那么曼妙，只是没有看到风景。想住一天再回去，朋友们说下午五点以后人少了，鼓浪屿才有风韵，但大家都一起返回，跟着大家吧。也许以后再去时，能够体验到她的情致。鼓浪屿钢琴博物馆，大师们融入到了永恒的旋律中，可惜得很，在鼓浪琴岛没有听到琴声。2005 年，第三届鲁迅文学奖在深圳颁奖，七年之后，五位诗歌获奖者在厦门又聚在了一起。难得。成幼殊老人已经九十多岁了，分手那天，老人在餐厅里拉着我的手，说了许久的话。李老乡也显得老了。其实在岁月面前，谁能不老呢？娜夜和马新朝基本还是原来的样子，愿我的朋友们都年轻——像厦门一样。

重庆是一个博大的城市，它怀拥着长江和嘉陵江，显现出独有的气度和气质。在一个仲秋之夜，我有了对这座城市最初的印象。而重庆北碚，是一个时代和几个时代的记忆。早年，三千名流汇北碚，每个人都是一座丰碑。还记住了卢作孚的一句话："学校不是培养学生，而是教学生如何去培育社会。"编了几十年的刊物，一直没有到过重庆，这实在是一个让我自己也觉得百思不得其解的事情，而且，我跟重庆的几代诗人都有过某种经历上的精神维系。当然，这座城市我也不一定陌生，因为我已经默默地注视了它几十年，比如重庆北碚这个地名我就十分熟悉，原因很简单，跟吕进先生、毛翰先生、蒋登科通信寄刊物一直是这个地名。有很多机会来重庆，但都错过了，这是我自身的原因。我参加诗歌活动很少，这是我性格上的缺陷，跟朋友们就只有神交，愿意保持一种想象中的美好。所以到重庆见到那么多的朋友，就特别想抒情和叙旧。

吕进先生，几十年的交情，虽然并没有很多实质性的接触，但是在内心一直觉得很贴近，我们有过多年的、很多次文字往来。20 世纪 80 年代末期，我在《诗神》责编过他一篇题为《只有时间》的评论文章，他在文章中说："时间，只有时间，才能让真正的诗发出亮光。"1993 年初，我设计了一个栏目《纵论当代中国新诗》，邀请了张志民、犁青和吕进先生等六位诗人、理论家对当下诗歌发展畅谈自己的观点，吕进先生对世界诗歌发展大势提出了一些很新颖的观点。2000 年，我们两个一起经历了一场风波，当时我作为《诗选刊》主编，由于刊物内容触碰了文学界上层的某些人，其时恰逢第二届鲁迅文学奖在香山武警招待所评奖，我作为终评委，在评奖开始后不得已离开了评委会，连当时的评委会主任也是一脸的无奈。那段经历让人觉得非常奇特、非常奇怪，但就实实在在发生了。吕进先生也受到了同样的压力，大概是考虑年龄稍大一些的原因，他还是留下完成了评奖。现在想起来，依然非常感慨，我坦然接受了当时的结果，从那以后，就觉得跟吕进先生有了某种亲近感。

娜夜。第三届鲁迅文学奖我们一起获奖，因此她是这个年龄段与我情感最为贴近的女性诗人之一。在深圳的颁奖会上见到了娜夜，在这之前有过接触，但限于文字上和简单交流上，印象一定没有那次那么深刻。很多朋友会想，得了奖内心一定很松弛很兴奋，但真的不是，我相信我和娜夜从那时起都感受到了内心和外在超乎寻常的气场，一种说不出来的感觉。上台领奖的前一分钟我对她说："娜夜，笑着上去。从头笑到最后！"后来我看照片，娜夜的神态让我感动。那一届五位获奖者，李老乡和马新朝已经走了，成幼殊老人百岁了。现在谈起来，恍若隔世，有点儿悲情。

第五届鲁迅文学奖评奖的时候，我认识了蒋登科，在一起共事了十二天。那十二天以及后来的一些日子可谓刻骨铭心，成为我一辈子最为深刻的记忆之一。大家看到了最后的评奖结果，看到了最后的得奖者，但是大家不一定知道，还很有可能会是另外一些人得奖，而那样的结果无论如何是我们承受不了的。庆幸有登科这样的一些好人，我们分手的时候几乎流泪，我们无愧无悔地倾尽了全力。从那时候我也更加知道，一个人的力量太微弱，太微不足道，有时候什么都把握不了，谈何指点江山。当时一位兄长跟我说："郁葱，我知道你的性格，但是有的事情不能说，永远不能说。"我答应了他，但是经过这么多年以后。我觉得我要愧对这位兄长了，我可能要说，但不是现在，也不知道是什么时候。我还算一个相对细心的人，每天写日记，留了这么多年的资料，包括我编刊物时的许多资料，现在重新读一读连我自己都觉得吃惊。这些是跟蒋登科这样的朋友一起经历的，之后第五届鲁迅文学奖在绍兴颁奖，我们一起上街，走了很多商店，终于帮我找到了两尊鲁迅先生的铜制雕像，所以每次见到登科就觉得很亲。

傅天琳大姐，无论在做人上还是在作诗上都是我所仰望的。清楚地记得在全国作代会的时候我们在一起畅快地聊天，那天有李琦、娜夜、马小淘，后来蒋登科和河北的作家李浩也去了。天琳大姐身上有一种天然的与生俱来的诗性和母性。一直留恋那个冬日午后的阳光。那天晚上，在宾馆的大堂里还见到了其他一些重庆朋友，我们在一起照了不少照片。

还有更年轻的一代重庆诗人，我总说好诗人是夸出来的，事实证明夸着夸着，他们就真的值得夸了。我跟其中的大部分青年诗人没有见过面，但安静的时候想起重庆的青年诗人们，都会让我动情。好像作为一个编辑跟作者谈感情是一件很忌讳的事情，但是我觉得这挺好的，我从内心特别在意并且珍视这样的感情。写诗、编诗这么多年，和许多人成了心灵上的朋友，有的甚至成为亲人。我也一直说，真正的好诗人都相亲相爱，真正的好诗人都是内心开阔、心地良善的好人。好诗人是诗歌的灵魂，我记下了对朋友们的这些感受，是在赞美他们的诗歌高度和人性高度，实际上也是内心自洁的过程。这是我的幸运。

　　这些经历让我注视重庆的时候，会更加感受到它内涵中的活力、沉静、激情和从容。几天以后，我回到石家庄，并且给重庆的朋友们寄去一首诗《秋夜的嘉陵江——与傅天琳、娜夜、蒋登科夜读嘉陵江》：

　　　　嘉陵江沿岸有两种颜色，
　　　　绿色和金色，
　　　　那两种颜色中，
　　　　有无以言说的人生起伏。

　　　　嘉陵江横穿北碚，
　　　　2019 年 9 月的一个秋夜，
　　　　那天晚上没有涛声，
　　　　江水平缓，一如两岸平缓的世人和世事。

　　　　这时的嘉陵江也许不像这条江，
　　　　他平和超然，出奇地从容，
　　　　沿岸的一盏灯火和另一盏灯火没有什么

不同，

仙境在江中，人间在岸上。

嘉陵江沿岸，

人们静如止水，心若青铜，

平日里，他不知道默默流走了多少光阴，

人们一代代出生、长大、老去，

在阴晴里，在悲欢里……

草枯了，明年再长，

火熄了，瞬间重燃，

嘉陵江的坦荡是出了名的，

什么时候他失态过？没有，

什么时候他轻浮过？没有，

也许有很脆弱的夜晚，

但沿岸的人声不断灯火不断，

嘉陵江的水，就不断！

有久长的叙事与抒情，有忘却和记忆，

夜笼罩着嘉陵江油画般的身体，

爱你的时候，

我从年长竟然又重新长成了孩子。

天人兴盛，鸡鸣长啼，

嘉陵江沿岸对于一些人是景致，

而对于今夜的我们，他是神灵。

经常想起一些恒久的事物，

它成为嘉陵江沿岸的树木、河流和土地。

已经过去的和即将发生的，

都会在嘉陵江的淌动中流逝，

我们终将沉默，

而嘉陵江，依旧无限、无言、无尽，

并且永不止息。

  武汉。这是我去得最多的城市之一，因为这座城市在京广线上，我曾经不知道多少次到过或者路过。20世纪80年代的时候，我在《长城》做编辑，跟七位小说作家去南方，最后一站到了武汉。当时我们住在汉口车站附近的一个小旅馆里，我们去了东湖、黄鹤楼、长江大桥。返程的时候卧铺票只买到了两张，给了两位年龄稍大的作家，我和几位年轻的朋友一夜没睡，在拥挤而闷热的绿皮车厢的风扇下聊了一晚上。那是我对武汉最初的记忆：滔滔长江水，巍巍黄鹤楼。2010年7月7日，我在武汉参加"中国诗人走进武汉黄鹤楼"活动。那几天，雨锁武汉，但别有一种情境。我们重新走进了黄鹤楼，走近了长江。《中国诗歌》编辑部的同人们对我讲，每每编辑完一期刊物，他们都要相邀在一个茶馆里，一页一页地找问题，聊诗歌，那种执着和细致是我们做不到的。武汉的诗人多，那次见到了刘益善、车延高、阎志、沉河、张执浩、田禾、谢克强等。朋友要我写黄鹤楼，我知道这个题目太难写了，这三大名楼之首曾经有过那么多的名篇，那些高峰实在不好逾越。但我又觉得，优秀的诗歌创造诗歌经典，平庸的诗歌丰富诗歌生活，写不优秀，我就写平庸，因为这是一种心结。本来采访活动 9 日就结束了，但朋友盛情，又被留下来做"第二届闻一多诗歌奖"的评委。毕竟是当时中国诗歌类奖金最高的十万元大奖，大家议论较多的是，得奖的这位诗人一定是诗坛中坚并且在今后具备更多的可能。当时大家的议论集中在了三位诗人身上，两位男性诗人和一位女诗人，呼声比较高的男性诗人的作品理性、深刻，女诗人的作品感性、饱满，各有特色，难以取舍。评委会主任吉狄马加投票时说了一句让大家感动的话："如果我想起了我的儿子，我应该投这位男诗人；如果我想起了我的女儿，我应该投这位女诗人。"

一直很难忘记早年在"江汉号"客轮的晚上，我一直站在甲板，年轻的时候情感丰富，那个时候《话说长江》正在热播，听着客轮上播放的荡气回肠、若隐若现的电视片片头曲和陈铎、虹云的解说，望着浩荡的江水和两岸的灯火，无尽感慨。那天的早晨，客轮停靠在武汉码头，我用一天的时间大致浏览了那座大气、包容、浩荡的城市，并且被它的深刻所震撼。从那以后，我越来越觉得，对一座城市的情感，无论如何是源于那里的气象、气质和人。每当在京广线的列车上看到黄鹤楼，就知道，我年轻时记忆中的那座城市到了。

　　我是北方人，但我好像更喜欢南方，比如宜昌。我很多年轻时的记忆都是在南方留下的，比如上面说到的九江码头和"江汉号"客轮，比如苏州傍晚石板路的小巷，比如外滩附近的那个绿色邮筒。20世纪80年代揣着三百元钱走了江南六省，后来一直想按原路再走一次，但至今未能成行。2017年9月，我来到宜昌，又一次来到长江边。长江北岸这个江水润泽的城市，人们生活得松弛、细腻、从容而优雅，很少看到眉头紧皱和雾霾缭绕，总觉得那就是一座城市的从容和优雅，是这座城市的气度、气质与性格。还没来得及抚一抚拍岸的江水。独自坐在江边，感觉那似乎沉默着的江水依旧孕育着无穷。当时我与诗人柳沄几乎每天都要沿着长江边走很远，跟他聊起2000年在浙江青田的一次诗会，当时去了许多刊物的同人，会上为每位与会者发了一顶旅游帽，分手的时候，大家便在帽子上签名。那顶帽子至今仍然放在我办公室的书橱里。现在再看那上面的名字，他们有的已经老了，有的已经离我们远去，但他们的面容依然清晰。这么多年的沧桑啊！

北京。1974 年冬天，我第一次到这座城市。当时我去的地方叫永定门。仅仅在那里停留了几个小时，之后便登上开往北方的列车，我还没有意识到，那个下午注定了我一生要走的所有的路。当时觉得很亲切，我还有机会和接我去部队的首长在车站附近走了走，好像回到了我家乡的那个小镇上的车站，竟然没有了第一次离家的忐忑和茫然。之后的几年里，我开始频繁地出入北京，我开始了解它，那些年我和它很近，越来越近。北京包容、深厚、世俗、克制、有限的生机，北京理性、广博、规范但不生动。曾有孩子问我要不要去北京发展，我极力主张他去，我对他说："你可以在那里有许多姿态、许多可能，不管那座城市多么理性或者激情，你都可以把自己完全打开，因为人们看不到你，你的好与不好别人都不会在意。我的许多愚笨的朋友在那里生活得都很好，它会给哪怕最不可造就的人最多的机会，除非你甘于一隅，否则，你如果想最优雅，或者，最疲惫，你都去北京。"在很长的一段时间，我差一点儿把北京当成了自己，但我还是远离了它，是因为我自己就是"甘于一隅"的性格，最终，我还是放弃了去那里生活的机会。

杭州。1986 年，参加完上海文学院的进修后，我和几个河北作家一起去了杭州，那次大家很开心。没有想到之后的几年中，我又几次来到杭州，最长的一次住了二十多天。当时我的小说《瞬间与永恒》刚刚发表，浙江电影制片厂导演张甬江发函，要我把小说改成电影文学剧本，并说厂方已经决定拍摄这部电影。对于当时刚出道不久的作者，这种吸引力无疑是相当大的。我用最快的时间把本子改好寄到电影厂。张甬江收到后，认为有一些情节需要修改，让我最好去杭州。

　　在杭州的那些天，我和另一位合作者昼夜不停地修改本子，一个星期之后，厂方通过了，甬江便带我们去了云栖、钱江和绍兴。那个时候的绍兴寂静、幽然而深厚，毫无疑问，由于鲁迅这个伟大的名字，一走进那些街巷我就肃然起敬。对那一天的经历，我直到现在印象依然很深，一直想再回到绍兴去看一看。后来，由于经济的原因，厂方讲剧本只能拍摄成上下集的电视剧，这样我又去了一次杭州改本子。那些天过得寂寞而漫长，我从深夜开始改稿子，白天睡觉，傍晚就自己到苏堤、断桥去散步。有一天早晨，我实在不愿意再动笔了，也心烦，便自己到西湖去玩。当我乘船到"三潭印月"时，一位也是自己在玩的女孩儿请我为她照相，女孩儿很洒脱，很大方，那天我们就一直在一起。按照导游图的描述，三潭印月"岛荫凝秀，园林精雅，文脉蕴藉，丰姿绰约"，好像是一个红尘染不到的清净世界。聊天中知道了女孩儿是来杭州推销纽扣，合同签好了之后来西湖玩一天。中午我们在西湖边上的一个小饭馆里吃的饭，下午去了岳王庙，我记得我们当时是走着去的，路好像也没有觉得多远。傍晚分手时，令人难以置信的是我和她竟然没有互相告诉地址，就在市中心匆匆道别了。我现在还经常朦朦胧胧地想起她来，感觉中好像是一个梦。1989年春夏之交，电视剧《蓝岛》在中央电视台播出了。从那以后，我再也没有写过小说和电视剧本，也再没有去过杭州。

燕赵之地和杭州还有一个渊源：它们都是大运河滋润的土地。京杭大运河开凿于春秋时期。运河途经今浙江、江苏、山东、河北四省及天津、北京两市，贯通海河、黄河、淮河、长江、钱塘江五大水系，全长约一千七百九十四公里，纵贯华北大平原。运河是人工开凿的用以沟通地区、水域间水运的人工水道，南起余杭（今杭州），北到涿郡（今北京）。涿郡为古代郡名，不同历史时期其地域范围有所变化，但核心区域为河北涿州市。今北京市部分区域也曾属涿郡。大运河是两岸黎民的命运之河，有的时候，一代代生生不息是因为一片土地，也有的时候，是由于一道水系。我曾经写过一首诗，题目就叫作《大运河记》：

在我的记忆里，这是最平静的一条河，
坦然进退，从容冷暖，
从高处看运河，碧丝翠带，无山无川。
大运河，也浑也清，亦急亦缓，
且枯且荣，似绿如蓝，
此水，尽落平野大江。

岸上有灯光的时候，
皆是人间烟火。
鸡鸣犬吠，草树深远，
麦绿稻黄，斗转星移，
一年如是，
百年如是，
千年亦如是。

大运河。
长袖善舞，枝润层土，
南水浮落花，北渠洒飞絮，
阴晴今日，浓淡何夕，
不污不浊不腐不迁。
运河盈，万物生，
命定中，苍穹生她，必生我！

桨声灯影，满月映在河面，
风一扫，它就破碎，
而这经典运河，瞬间便会自愈。
痛留痕，心不灭，
两千年，天地可堕，
三千里，苍生依然。

雨落在东岸雨落在西岸，
雪下到沧州雪下到杭州，
结冻的冰下，总有地热，
高天那雁阵，之北之南！

万千生灵于此凉热，
潇洒一泄，
春秋经年。

是啊，我在叙述一条河流，其实更像我大半生经历的自述。你看那大运河，长河一洒，万千龙舸，锦帆天涯，天地合一，带来的，是超凡绝俗的人间气象！

许多城市，我曾经匆匆走过：福州、南宁、广州、攀枝花、沈阳、郑州……也有些城市与朋友们约好了但由于各种原因没有成行：兰州、呼和浩特、长春、海口、乌鲁木齐、扬州、青岛、珠海、拉萨……我知道我应该去感受它们，因为，每一座城市都有自己的骨骼、脉搏、血液，都有它的柔软与坚硬、沉实与空灵，都有它独特的星辰、空气、雨和阳光。

我想，我还会走进许许多多不可预知的大的或小的城市或乡村，我会理解、抚摸、聆听、感受，然后好好爱。

2019 年 12 月 5 日—2023 年 12 月 6 日